Tretet ihnen nicht auf die Schwänze

Marielli Sfakianaki-Manolidou ist eine bekannte und geschätzte Komponistin ernster und religiöser Musik, deren Werke sowohl in Griechenland als auch im Ausland gespielt worden sind. Für die Vertonung des Gedichts »**Aufgetaucht**« wurde sie mit dem Angelos-Sikelianos-Preis ausgezeichnet. Ihre Kinderoper »**Die entflammte Köchin**« wurde zum ersten Mal im Mai 1989 auf der »Nationalen Lyrischen Bühne« aufgeführt. Die Vertonung des Gedichtzyklus von Nikos Dimos »**Das Buch der Katzen**« ist auch als CD erschienen.

Sie ist Mitglied der »Vereinigung Griechischer Musiker«.

Auf dem Gebiet der Literatur trat sie zum ersten Mal mit dem Roman »**Widerhall**« in Erscheinung, der 1984 von der »Gesellschaft Griechischer Schriftsteller« ausgezeichnet wurde.

Darauf folgten die autobiografischen humoristischen Erzählungen »**Tretet ihnen nicht auf die Schwänze**«, die bis heute immer wieder aufgelegt wurden, und deren Fortsetzung »**… und andere Schwänze**«.

1998 wurden die autobiografischen Erzählungen »**Sonntags trugen wir unser Bestes**« herausgegeben, die im Athen der 50er Jahre spielen und ebenfalls mehrfach aufgelegt wurden.

Im Jahre 2000 erschienen die kleinen »**Geschichten von Erde und Silberstaub**« und 2002 die Erzählungen »**Die Verbrecherinnen**« und »**Schatten im Wald**«.

Leider ist bisher nur das hier vorliegende Buch ins Deutsche übersetzt worden.

Marielli Sfakianaki-Manolidou

Tretet ihnen nicht auf die Schwänze

Übersetzt aus dem Griechischen
und herausgegeben von Ingrid Olfs

Bibliografische Information der Deutschen Nationalbibliothek:
Die Deutsche Nationalbibliothek verzeichnet diese Publikation in der Deutschen
Nationalbibliografie; detaillierte Informationen sind im Internet über
<http://dnb.d-nb.de> abrufbar.

© 2006 Marielli Sfakianaki-Manolidou
Satz, Umschlagdesign, Herstellung und Verlag: Books on Demand GmbH, Norderstedt
ISBN 10 3-8334-4883-0
ISBN 13 978-3-8334-4883-6

1. Auflage bei Odysseus 1988
2. Auflage bei Odysseus 1995 in der Reihe Sirenen
3. Auflage bei Odysseus 1996 in der Reihe Sirenen

Odysseus-Verlag
Andrea Moraitou 3
11471 Athen

Inhalt

Herrenlose Hunde

Unser Haus, das am Rande eines Waldes liegt, den die Flammen noch nicht völlig vernichtet haben, ist das erste Haus, auf das ein streunender Hund trifft und wo er sich gewöhnlich niederzulassen beschließt.

Wenn die Gartentür offen steht, geht er meistens hinein. Wenn er sie zufällig geschlossen findet, legt er sich davor und bezieht draußen seine Wohnstatt. Tatsache ist, dass, sobald er die Pforte passiert hat, ich jede Hoffnung aufgeben kann. Er geht nicht mehr weg. Wenn ich ihn mit Wasser bespritze, tut er so, als würde er für immer verschwinden. Und dann, nach kurzer Zeit, sehe ich ihn wieder vor mir. Schwanzwedelnd begrüßt er mich: »Wie geht es Ihnen? Wie geht es Ihnen?«

Meistens habe ich ihnen einen besonderen Namen gegeben.

METHODIOS: Das ist derjenige, der die Besetzung mit Methode vollführt. Am ersten Tag kommt er nicht einmal bis zur Pforte, und am dritten Tag schläft er schon vor der Küchentür.

ZIMTSTANGE: Gewöhnlich ein zimtfarbener Hund, der friedfertig den Kopf senkt und immer mit jeder Art von Schelte einverstanden ist.

RUHM DES VATERLANDES: Ein furchtsamer Hund jedweder Farbe, der, wenn du ihn anschreist, er solle verschwinden, ängstlich seine Pfote hebt, um dich militärisch zu grüßen.

KLEINER DÜNNER: Eine Erklärung ist unnötig.

ZERLUMPTER: Könnte man nur seine Kinder zählen! Wenn du deine Schwüre vergisst, keinen Neuen mehr zu füttern, und du doch wieder mit öligem Brei und geröstetem Brot anfängst.

LAHMER: Auch dieser Name benötigt keine Erklärung.

EINÄUGIGER: Ebenfalls nicht.

BEZECKTER: Er ist voller feiner schwarzer und dicker grüner

Zecken. Und du musst mittels der verschiedensten Zeckenpulver, die du in deiner Waffenkammer hast, mit ihm kämpfen.

NIMMERSATT: Derjenige, der mit nichts zufrieden ist und den anderen das Futter stiehlt.

Und noch viele andere Persönlichkeiten, die hier zufällig keinen Platz mehr fanden. Fast alle ungewaschen, arme Teufel, hungrig. Sie lechzen danach, sich einem Herrn unterzuordnen, nach Zärtlichkeit. Du kannst dir nicht vorstellen, wie ihre Kiefer zuklappen, wenn ich meine Hand ausstrecke, um sie am Ohr zu kraulen.

Ein gewisser UMSTANDSKRÄMER, ein riesengroßer, kaffeebrauner Hirtenhund mit rundem Bärenkopf, vergisst seine Größe und beginnt am ganzen Körper zu zittern vor Rührung, sobald er mich sieht. Wenn ich mich wütend zeige und ihn frage: »Was soll mit dir geschehen, Kleiner? Wirst du irgendwann von hier fortgehen?«, beginnt er leise vor sich hin zu weinen, todtraurig, nicht dazu in der Lage, mir zu antworten; und dabei geht er unruhig vor mir hin und her.

Er hat sich vor zwei Jahren draußen häuslich niedergelassen, unordentlich, schwer auftretend mit seinen ungeheuer breiten Pranken. Es fand sich schließlich niemand, der ihn adoptierte; und so blieb er. Ein Hund aus der Gegend. Er hält sich dadurch am Leben, dass er die Teller der gesättigten Hunde ringsumher ableckt. Er zankt sich niemals mit ihnen und hat so die meisten Essensreste in einem Umkreis von zwei bis drei Kilometern frei. Vielleicht deshalb auch die breiten Pfoten … Bei mir landet er nach seiner Runde, um Wasser zu trinken und sich auszuruhen. Alles, was ich ihm gebe, nimmt er, und je nach dem, wie an diesem Tag sein Reinigungsunternehmen gelaufen ist, frisst oder versteckt er es.

Sobald ein herrenloser Hund in unseren Garten eindringt und sich dem hinteren Teil nähert, dem Hof, in dem sich auch die Küchentür befindet, wird er mit den Hofkatzen konfrontiert. Wenn ihm draußen eine Katze begegnete, würde er sie in die Flucht schlagen. Hier allerdings lächelt er sie an wie ein Zinswucherer und, indem er sich vor ihr verbeugt, sagt er: »Guten Tag, meine kleine Madam. Wunderschön ist Ihr Pelz. Glücklicherweise habe ich Sie nicht draußen getroffen, um ihn zu rupfen …«

Die Katzen lassen sich jedoch nicht täuschen. Sie betrachten seine Verbeugungen voller Argwohn, und während sie ihn beobachten, wie er hinterlistig und mit jedem Schritt erfindungsreicher näher kommt, schwellen ihre Barthaare an. Sie drohen ihm, wenn er jetzt nicht stehen bliebe, würden sie ihm mit ihren Krallen die Augen auskratzen. Er aber weiß, dass mit dem Thema Unterkunft nicht zu spaßen ist, und macht einen Rückzug: »Was Sie nicht sagen, meine Süße, was Sie nicht sagen …«

Er lässt sich gehorsam an Ort und Stelle nieder und legt sich so hin, dass er sie im Auge behalten kann, voller Geduld. Er weiß, dass die Zeit für ihn arbeitet. Wohin soll er gehen? Sie werden sich an ihn gewöhnen. So langsam werden sie ihn neben sich fressen lassen. – So geht es immer. Am Ende sind alle zufrieden, beziehen Stellung außerhalb der Küchentür und warten auf mich, bis ich herauskomme, um die Verpflegung auszuteilen. Oft lässt mich ihre Miene glauben, ich hätte ein Abkommen unterschrieben, in dem ich mich verpflichtet habe, sie täglich zu füttern, und ich frage mich schon, warum ich mich nicht an diese Begebenheit erinnere …

Ein Hund schleppt den anderen an, und so werden es immer mehr. Sie legen eine Furcht erregende Solidarität an den Tag, als hätten sie eine Gewerkschaft gebildet. Und du solltest sehen, wie sie mich von oben herab behandeln. Sobald ich einen Neuen unter ihnen entdecke, ist meine spontane Reaktion immer ein Schrei der Verzweiflung. »A!!!« Und sofort fange ich an, ihn zu jagen, indem ich ihm nachwerfe, was ich gerade zur Hand habe. »Ksut!!! Ust, da, Kerl!!!«

Die Hundegesellschaft also, die ihn bis dahin freundlich unter sich geduldet hat und mit weit geöffneten fröhlichen Schnauzen gegafft, als würde sie zu ihm sagen: »Warte nur, egal, wo sie ist, sie wird erscheinen, und du wirst sehen …«, steht auf, sobald sie mich hört, und tut so, als ob sie den Neuen erst in diesem Augenblick entdeckt, worauf sie sich nun erst dazu bequemt, ihn fortzujagen. Eine Stunde später sehe ich sie wieder alle zusammen im Garten liegen, als sei nichts geschehen.

Auf jeden Fall ist es durchaus möglich, dass sie sich miteinander anfreunden, es kann auch sein, dass der Neue stillschweigend mit den Katzen Freundschaft schließt. Außerdem könnte er mich dazu bringen, ihn zu akzeptieren. – Eines aber würde ihm nie gelingen, den kampfbewährten Kater PARIS zum Freund zu gewinnen, einen stolzen alten Herrn mit weißen Barthaaren und einem pechschwarzen, glänzenden Pelz.

Früher jagte Paris mit Leidenschaft alle Hunde, die sich dem Haus näherten. Er wurde zu einem prall aufgeblasenen Ball, der auf ihre Köpfe zuschoss und sie in Panik davonlaufen ließ. Heute sieht man nicht mehr solche Heldentaten. Vierzehn Jahre ist er schon alt und geht jeder Aufregung aus dem Weg. So genügt es ihm, sie verächtlich anzusehen und, gestört durch ihre Gegenwart, sich schnell ins Haus zu begeben.

Diejenige, die hin und wieder an hysterischen Anfällen leidet und sich sogar auf unsere eigenen Hunde stürzt, ist FANY, eine graue, elegante Katze, im Profil Deborah Kerr ähnlich, die in der ganzen Gegend für ihre Backpfeifen bekannt ist.

Es gibt auch einen gutmütigen Kater, mit dem die Hunde machen, was sie wollen, den NINIKO, ein rundlicher liebenswerter Bursche, der sich immer wieder hingebungsvoll an ihren Beinen reibt. Die Hunde sehen ihn dabei etwas verdutzt an, während sie zu verstehen suchen, was er damit meint. Früher, als er kleiner war, packten sie ihn mit ihrer Schnauze und trugen ihn mal hierhin und mal dorthin; und er hielt still, glaubend, er sei ihr Junges. Heute gelingt es Niniko mit seiner gutmütigen Naivität, während der Mahlzeiten zwischen ihren Tellern herumzuspazieren und ihnen klammheimlich mit einem Pfötchen die ausgesuchtesten Bissen abzusondern und zu stehlen …

Das Schlimmste bezüglich ihrer Fütterung ist die Tatsache, dass je aufopferungsvoller ich mich dafür einsetze, sie mit nahrhaften Speisen zu versorgen, vor allem mit in Knochenbrühe gekochtem Reis und in Öl eingeweichtem Brot, umso mehr verziehen sie ihre Miene und empören sich über meine Kochkünste. Und wenn ich damit beginne, ihnen zuzurufen: »Esst das! Es gibt nichts anderes!«, tun sie so, als gäbe es nichts Ekelhafteres als diese von mir eigenhändig zubereiteten Gerichte, fressen nur wenige Bissen und lassen alles Übrige liegen.

Glücklicherweise kommt jeden Nachmittag Umstandskrämer vorbei. Er schiebt gemächlich seine Schnauze über ihre Essensreste und lässt sie verschwinden wie ein elektrischer Staubsauger. Ich gebe zu, dass die Blicke, die er mir dabei zuwirft, nicht gerade schmeichelhaft sind. Ich fühle mich schlecht mit ihnen, denn ich habe den Eindruck, dass sie mir sagen wollen: »Gut, dass du ihnen immer wieder so etwas Ekelhaftes vorsetzt. So bleibt auch für mich etwas übrig.«

Folglich ist der Moment, in dem ich sie zum Essen rufe, nicht der glücklichste für sie. – Ich weiß auch nicht, ob er es wäre, wenn ich besser kochte. – Vielmehr sind die Augenblicke der größten Freude die Winternachmittage, an denen ich keine Chorprobe habe und sie zu einem Spaziergang in den nahen Wald einlade. Stell dir nur nicht vor, dass ich einfach sage: »He, Jungs, wer ist für einen Spaziergang?« – Alles andere als das. – Dieser Augenblick hat seine eigenen heiligen Rituale.

Zunächst einmal ziehe ich meine rote Jacke an, um den heimlichen Jägern die Jagd zu vermiesen. Dann gehe ich im Laufschritt in den Garten hinaus. Die Hunde sehen die Jacke sofort und bereiten sich mit gespitzten Ohren und mit vor Sehnsucht leuchtenden Augen auf den Ausflug vor. Aber sie stehen nicht auf. Sie warten auf mein Zeichen. Und dann, indem ich mit meiner Stimme die hohen Töne eines Jagdhorns nachahme, rufe ich sie, rhythmisch singend: »Kommt in den Wa-ald! Kommt in den Wa-ald!«

Ganz gleich, was für einen Knochen sie gerade in der Schnauze haben, egal, wo sie sich befinden, sie lassen alles stehen und liegen und stürmen mir nach, außer sich vor Freude. Sie bellen, springen, beißen sich gegenseitig, und mehrere wuseln um meine Beine herum, um mir so schnell wie möglich einige unverständliche, menschliche Worte zu sagen: »Blaujambi … aioulio …« oder etwas Ähnliches.

Und es sind nicht nur die, die mit mir loslaufen. Das Signal ist auch den Hunden in der Nachbarschaft bekannt geworden, die, sobald sie uns vorbeikommen hören, von zu Hause ausreißen und sich uns anschließen. Diejenigen, die das nicht können, springen wild herum, bellen hinter ihren Einzäunungen und zerren an ihren Ketten.

Das Seltsamste ist, dass unser Spaziergang zu diesem Wald, der weniger als hundert Meter entfernt ist, in dieser dichten Formation, gewürzt durch meine anspornenden Trompetensignale, etwas ist, was sie schier trunken macht. Wer weiß, welche Jagdinstinkte ihnen im Blut liegen, auch wenn sie keinen Stammbaum haben.

Irgendwann ermüde ich, und ich habe keine Lust mehr zum Spazierengehen. Zur besseren Unterhaltung versuche ich nun, eine Möglichkeit zu finden, mich zu verstecken. Zuerst ist es schwierig. Aber wenn wir ein gutes Stück im Wald vorangekommen und alle weiter vorgelaufen sind, um Schildkröten und Igel zu suchen oder im Wetteifer die Bäume zu bespritzen, dann packe ich die Gelegenheit am Schopfe und verstecke mich hinter einigen Büschen. Sie zögern wirklich keinen Augenblick, mich zu suchen, aber bis sie mich finden! Was geschieht nur alles in diesen Sekunden! Sie laufen wie aufgescheucht in alle Richtungen, drängeln und tun so, als würde einer dem anderen die Verantwortung zuschieben:

»Wo ist sie dir begegnet, he?«

»Mir soll sie begegnet sein? – Wo hast du deine Augen?«

Sobald sie mich finden, stürzen sie sich auf mich und fangen damit an, mich alle zusammen zu verdreschen:

»He, dass du dich verstecken wolltest! Schämst du dich nicht?«

Und danach kommt der schönste Augenblick für mich. Es beginnt die Rückkehr zum Haus. Die Sonne ist schon untergegangen. Die

Vögel zanken sich in den Bäumen darüber, wo sie windgeschützt schlafen können. Die Lichter auf den umliegenden Hügeln leuchten schon. Die Atmosphäre duftet nach Thymian und verbranntem Holz aus den Kaminen. Eine starke seelische Erregung ergreift von mir Besitz, während ich das Gefühl habe, mich auf einer weiten Reise in die Natur zu befinden; und ich gehe ganz langsam, um ihrem Pulsschlag zu lauschen. Und wenn ich dann zufällig noch einen trockenen Ast in der Hand trage, den ich als Anbrennholz benutzen will, dann spüre ich, dass ich triumphierend von dieser fantastischen Reise zurückkehre, beutebeladen, umgeben von tapferen Rittern, von denen jeder einen aufgeplusterten Schwanz als Banner trägt ...

Die Hofkatzen und der Adelige

Katzen verschiedenster Couleur und Zahl erscheinen in unserem Hof mit erhobenem Schwanz, und ohne sichtlichen Grund verschwinden sie wieder. Es ist ihnen verboten, ins Haus zu kommen. Es ist ihnen erlaubt, auf dem Brenner zu schlafen, im Garten spazieren zu gehen, miteinander zu flirten, hinauszugehen. Da diese Katzen es vorziehen, den größten Teil ihres Lebens im hinteren Bereich des Hofes zu verbringen, um die Küchentür im Auge zu behalten, habe ich sie Hofkatzen genannt.

Viele werden zutraulich. Ich kann mich ihnen nähern und versuchen, ein Zuhause für sie zu finden. Aber stell dir nicht vor, dass das einfach ist. Es ist leichter, jemanden dazu zu bringen, ein Auto zu kaufen, als ihn dazu zu bewegen, sich eine Katze oder einen Hund schenken zu lassen.

Ich erinnere mich, dass ich einmal, um das Problem zu lösen, in meinem Hause eine Silvesterparty inszenierte. Sobald die Lichter erloschen und das neue Jahr begann, fing ich damit an, jedem Gast als kleines Geschenk eine Katze zu übergeben. Ich hatte jeweils eine Katze in einen Korb gesetzt, den ich mit Schleifen und einer Glückwunschkarte geschmückt hatte.

Alle fanden meinen Scherz sehr originell. Sie lachten und klopften mir freundschaftlich auf die Schulter. Aber meine Katzen ließen sie zurück, als sie sich verabschiedeten. Verzweiflung. Das ging eine ganze Weile so, und wenn jemand zu mir sagte: »Wunderschön ist Ihr Hund!«, sprang ich voller Hoffnung auf und fragte: »Meinen Sie das wirklich? Soll ich ihn für Sie einpacken?«

Heute jedoch gebe ich mich solchen Illusionen nicht mehr hin. Das habe ich beschlossen.

Nachdem mich die Tiere adoptiert haben, was kann ich da noch machen?

Auch in den Winternächten ist es den Hofkatzen verboten, ins Haus zu kommen. Das ist etwas, was sie unendlich gern täten. Trotz aller Kissen, die ich ihnen rund um den warmen Brenner gelegt habe, bevorzugen es die meisten, draußen in der Kälte zu warten, neben der Küchentür, in der Hoffnung, dass sich das Gesetz ändern könnte und sie hineindürften. Wie oft habe ich nicht besorgt die Tür geöffnet, sie eine nach der anderen in meine Arme genommen und ihnen mit meinen Händen die kalten Pfötchen gewärmt, habe sie wegen ihrer Dickköpfigkeit ausgeschimpft und sie in den Schutz des Brenners getragen. Bis ich jedoch die zweite auf ihr Kissen gesetzt und die dritte hinübergebracht hatte, war die erste schon wieder ausgerissen und wartete vor der Küchentür auf mich.

Es besteht kein Zweifel daran, dass es der Traum jeder Hofkatze ist, irgendwann einmal zur Hauskatze zu werden, um sich auf den Sesseln ausstrecken zu können, den Kopf an der Kühlschranktür zu reiben und es nicht zuzulassen, dass ich diese wieder schließe.

Alle zusammen bewundern und beneiden sie PARIS, den schwarzen, alten Kater des Hauses. Der verbringt nämlich die Winterabende auf einem Kissen sitzend neben dem Heizkörper vor einem der Esszimmerfenster, von wo aus er sie stumm durch die Scheibe beobachtet, unterbrochen von kurzen Phasen, in denen er wohlig die Augen schließt. Aber mehr noch bewundern und beneiden sie ihn während der täglichen Fütterungszeiten. Dann, wenn alle in Erwartung ihrer Mahlzeit aufgeregt drängeln und in ihrer Ungeduld Pfötchenhiebe und Beschimpfungen austauschen. In diesen Augenblicken sehen sie ihn aus dem Garten kommen, langsam und aristokratisch, das eine Ohr etwas zur Seite gedreht wie eine schiefe Mütze, die Augen gelb, halb geschlossen; unbeirrt, als sähe er sie nicht. Sofort treten sie beiseite, um ihm den Platz vor der Küchentür frei zu geben. Sie sehen ihm neidisch zu, wie er in aller Ruhe mit einer Pfote an der Glasscheibe der Küchentür kratzt, um uns das Zeichen zum Öffnen zu geben, damit er hineinspazieren kann wie jemand, der es sich leisten kann, alle anderen in der Schlange warten zu lassen. Mich machte diese Situation wütend, und ich beschloss, dass von nun an auch der Herr mit den anderen draußen essen sollte!

Ich konnte meine guten Vorsätze aber nie in die Tat umsetzen, denn die Hofkatzen ließen ihre Mahlzeit stehen, um zu sehen, was der Herr aß; und sie schoben ihre Mäulchen neben seinen Teller, während einige andere, mehr die Klatschbasen unter ihnen, sich bückten, um an seinem Hinterteil zu riechen. Das war's! Vollkommen außer sich wandte er sich von seinem Essen ab und entfernte sich ungesättigt. An seinem Hinterteil zu riechen!!! In der Tat ist das zwischen Katzen üblich. Es ist eine Vertrautheit, die sagen will: »Was gibt es Neues? Wie ist es mit Sex?« Ihn schmerzte das aber, weil wir ihn vor vielen Jahren hatten kastrieren lassen.

Wir hatten uns dazu gezwungen gesehen. Damals lebten wir noch in Athen, wo wir ein kleines Apartment im Zentrum bewohnten. Als er dann ein glänzender Stutzer geworden war, begann er damit, draußen kleine Spaziergänge zu machen. – Aber wo draußen? – Eine Straße mit nervösen Autos war das Draußen! Doch zum Glück verlief er sich in den Korridoren des Mehrfamilienhauses und landete jedes Mal im Untergeschoss, wo der Pförtner wohnte.

Uns schreckten immer die Schreie seiner Frau auf, die es nicht duldete, dass ein »Schwarzer« ihre Wohnung inspizierte, und wir liefen los, um ihn wieder abzuholen. Er selbst wurde in dieser Zeit immer unruhiger. Wenn er nicht gerade schrie wie ein Verrückter, hielt er sich hinter der verschlossenen Tür auf und arbeitete in seinem Hirn Pläne aus, wie er sie aufbrechen könnte. Wir begriffen, dass für ihn die Zeit gekommen war, sich zu paaren, und dass wir dringend eine Braut für ihn finden mussten.

Damals wusste ich noch nicht, dass Katzen, wenn sie sich verlieben sollen, dazu eine »Schweiz« benötigen. Das heißt, ein neutrales Gebiet außerhalb ihres Hauses, wohin sie aus freien Stücken gehen und sich treffen. Anders ist es selbstverständlich, wenn die beiden sowieso zusammen wohnen. Du darfst jedoch keinen unbekannten Kater in das Haus einer Katze bringen. Das Haus ist für sie heilig, und sie akzeptiert nicht den ersten besten Kater, der es betritt. Nur wenn die Bekanntschaft draußen entstanden ist und wenn sie sich verliebt haben, nur dann kann es vorkommen, dass sie es ihm erlaubt, ein wenig hereinzukommen. – Da ich aber damals noch nichts von alldem wusste und da ich ihn immer so schreien hörte, vereinbarte ich mit einer Freundin, die eine weibliche Katze hatte, die auch so schrie, ihn dorthin zu bringen. –

Ich steckte ihn in eine große Reisetasche und ließ ihm eine kleine Öffnung, damit er nicht erstickte. Auf dem gesamten Weg jammerte er über das schlimme Los, das ihn getroffen hatte, während er immer wieder ein Pfötchen durch die Reißverschlussöffnung steckte, um sie zu vergrößern. Aber das Einzige, was er zu Stande brachte, war, die Innenseiten der Tasche mit Hieben zu traktieren. Ich sprach unentwegt auf ihn ein, um ihn zu beruhigen, bis mich an den Ampeln die Fahrer der haltenden Autos besorgt ansahen, wohl meinend, mich störte der Verkehr so sehr, dass ich angefangen hätte zu fantasieren …

Wir kamen im Haus der Freundin an. Sobald wir Türen und Fenster geschlossen hatten und die Braut erschienen war, öffnete ich den Reißverschluss, und Paris wurde sichtbar. Die Folge war nach einem hasserfüllten »chs …«, dass sich ihm die Haare sträubten wie bei einem Truthahn und er unter ein Sofa schoss.

Wie lange wir auch blieben, er ließ nicht mit sich reden. Er fauchte uns an und drohte uns mit seinen Zähnen. Aber auch die Braut, inzwischen vom Salon ausgeschlossen, zigeunerte im ganzen übrigen Haus herum, um den Täter zu finden, während sie mit ihrem Maunzen ein langes Solo für Kontrabass spielte.

Wir kamen also ohne das gewünschte Ergebnis wieder nach Hause. Ich sagte jedenfalls, dass ihm nach dieser Prozedur sicher jeglicher Appetit auf das Heiraten vergangen war. Und ich hatte fast schon daran geglaubt, als eines Samstagabends …

Sie kam gewöhnlich am Samstagabend, um uns die Kleine zu hüten, wenn wir ausgingen. Sie war ein sechzigjähriges kleines rundliches Fräulein mit weißer Brille, dichten Brauen und einem Mund, den sie zu schließen vergaß, wenn sie einen griechischen Film sah. Ich wusste, dass sie auch Katzen hatte und dass sie sie liebte. Mit Paris hatte sie allerdings noch keine Freundschaft schließen können. Sooft sie auch versucht hatte, ihn zu streicheln, hatte er sie demonstrativ mit Missachtung gestraft. So hatte sie es aufgegeben, sich ihm zu nähern, worauf er so tat, als gäbe es sie gar nicht.

Was kann an diesem Abend geschehen sein, als er ihr friedvoll gegenübersaß? Welche Bilder entstanden wohl in seinem Kopf, während er sie gleichgültig betrachtete und sich seine Augen ganz langsam von einem fahlen Gelb in ein tiefes Schwarz verwandelten? Eine Erklärung für den Angriff, der folgte, könnten ihre Pantoffeln geben. Die rochen sicherlich nach ihren weiblichen Katzen, die sich so oft an ihnen gerieben hatten. – Er näherte sich ihr lautlos, rieb sich zunächst zärtlich an ihren Waden, roch immer wieder an ihren Beinen, bis er auf einmal seine Krallen in diese einschlug, wobei er ihre Strümpfe zerriss und deutliche Blutspuren hinterließ. – Und sie, anstatt sich zu verteidigen, wenigstens wegzulaufen, stieg in ihrer Angst auf einen Stuhl und zog abwechselnd den linken und den rechten Fuß hoch, wobei sie gellend um Hilfe schrie. – Glücklicherweise hatte ich bei den Nachbarn einen Schlüssel hinterlassen, und so konnten sie hinein und sie retten.

Ich frage mich manchmal, was ihr noch hätte zustoßen können, außer dass ihre Beine zerkratzt worden waren … Auf jeden Fall pflegte sie, die gern eine geistreiche Bemerkung machte, noch lange zu sagen, sie habe sich an diesem Abend in einer Gefahr befunden wie seit Jahren nicht mehr.

Schon am nächsten Tag holte ich mir den schrecklichen Termin beim Tierarzt.

»Ah! Das ist ja gar keine Straßenkatze!«, sagte er, sobald ich den

Reißverschluss der Reisetasche geöffnet hatte. »Es handelt sich um eine wunderschöne Kreuzung mit einer birmanischen Rasse.«

Ich sah ihn verwirrt und argwöhnisch zugleich an. Am Telefon hatte er mir gesagt, er nähme weniger Geld für das Kastrieren eines Straßenkaters als für das Kastrieren von Rassekatzen. Er glaubte nämlich, auf diese Art und Weise zur Begrenzung dieser »vulgären« Sorte von Katzen beizutragen. Ich bemühte mich, höflich zu bleiben, obwohl es mir schwer fiel und ich nicht dazu bereit war, den höheren Preis für Rassekatzen zu bezahlen. Nachdem er ihn schließlich doch als Straßenkater in die Kartei eingetragen hatte, verlangte die Sprechstundenhilfe nicht mehr von mir.

Ich verließ die Tierarztpraxis mit einem noch halb betäubten Jugendlichen in der Tasche. Und das war das Wunderbarste: Er würde jetzt nicht erniedrigt nach Hause zurückkehren wegen der Kastrierung. Nein, er würde mit größerem Glanz heimkommen, denn er war ja ein Kater birmanischer Abstammung! Ein Nachkomme des Pumas also. In der Tat, wie konnten wir es so lange nicht selbst bemerkt haben?! Und glücklicherweise sagte der Tierarzt auch, er würde nicht dick werden, da er noch nicht mit seinen erotischen Aktivitäten begonnen habe. Er würde seine wildkatzenartige Gestalt behalten.

Nachdem Paris nun all der quälenden Wünsche entledigt war, die ihn immer wieder in die Kellerwohnung des Pförtners getrieben hatten oder so seltsam hatten schreien lassen, gab er sich jetzt, wie von einer Sucht befreit, sorglos seinen körperlichen Übungen hin.

Sein tägliches Pensum waren fünf bis sechs Fliegen, denen er mit seiner rechten Pfote an der Balkontür den Garaus machte. Und auch durch seine Leibesübungen war er einmalig geworden. Er konnte, wenn er auf dem Schrank saß, den er mit einem Salto bezwungen hatte, sich plötzlich auf deiner Schulter befinden. Und bevor du »Oh!« gesagt hattest, »Was war denn das?«, war er unter das Bett geschossen, um dich noch einmal zu erschrecken, bevor du aus dem Zimmer gingst.

Wenn ich schreiben wollte, musste ich mich irgendwo einschließen, denn sowie er meinen Stift über das Papier eilen sah, kletterte er schnell zu mir herauf und backste ihn mit allen vier Pfötchen abwechselnd, was zur Folge hatte, dass ich nur wenige banale Sätze oder zusammenhangloses Zeug zu Wege brachte, das obendrein mit Tintenklecksen verziert war. Er führte sich unvorstellbar verrückt auf, wenn er plötzlich vor mir erschien und mich mit rhythmischen Pfotenhieben provozierte, genauso wie ein Stierkämpfer den Stier provoziert oder ein spanischer Tänzer sein Solo tanzt, und hinterher so schnell verschwand, dass ich nicht einmal Beifall klatschen konnte.

Das war Paris in seinen Jugendjahren.

Wie du mir, so ich dir

In der Gegend, in der wir heute wohnen, nahe dem halb abgebrannten Wald, spielen die Nachbarn außer Karten mit erstaunlicher Virtuosität noch ein anderes unrechtmäßiges Spiel: »Wie du mir, so ich dir« oder »Wirf mir, dass ich dir werfe!« – Und wie wird es gespielt? – Wenn die Hündin niedergekommen ist und sich niemand findet, der die Welpen adoptieren will, bringen sie die Kleinen zum Tierarzt, um sie einschläfern zu lassen. Ein Junges aber darf die Mutter behalten, damit sie nicht Tag und Nacht wegen ihrer verlorenen Kinder weint. Wenn also dieser eine Welpe etwas gewachsen ist und sie ihn der Hündin wegnehmen können, ohne dass sie sich beunruhigt, dann werfen sie ihn heimlich in den Garten eines Nachbarn. Dieser wiederum will ihn auch nicht behalten und wirft ihn einem anderen Nachbarn in den Garten. Und das Spiel setzt sich fort. Es dauert vielleicht einen Monat, bis alle Welpen ordentlich verteilt sind. Das wird zweimal im Jahr gespielt, im Frühling und im Herbst, Und es wird auch mit Katzen gespielt, was aber viel schwieriger ist, weil dabei eine unumstößliche Regel eingehalten werden muss, dass nämlich der Garten, in den sie die Kätzchen werfen, keinen Hund haben darf. Und solch ein Garten ist eine Seltenheit. In unseren Garten fielen jedenfalls, bis wir den Hund bekamen, alljährlich im Oktober jede Menge Kätzchen. Die Welpen fallen meistens im Frühling.

Am Anfang wollte ich mich nicht an diesem Spiel beteiligen. Einige behielt ich, andere verschenkte ich, und wieder andere trug ich ins Tierheim. Aber später wurde ich wütend. Ich hatte das Gefühl, dass mich einige Nachbarn zum Narren halten wollten. – So wirst du in das Spiel hereingezogen: Du willst nicht, dass man dich zum Gespött macht. – Ich packte also den kleinen schwarzen Welpen am Genick, sobald ich ihn frühmorgens entdeckte, und warf ihn in den Garten eines Bekannten, der mir versichert hatte, dass er keinen dritten Hund mehr haben wollte. Das Drama war, dass, sobald ich erleichtert in meinen Garten zurückkam, ich zwei andere frisch herübergeworfene Welpen vorfand, die schon auf mich warteten. Und ach, wieder von vorn!

Auf jeden Fall habe ich meine Partie beim letzten Mal schlau gespielt!

Die Schachfigur war ein graues Kätzchen. Der Gegner war ein Haus mit vielen wohl genährten Katzen, die sich auf Tischen und Sesseln der Veranda sonnten. Allerdings beherbergte dieses Haus auch zwei rastlose Hunde, die zwar freundschaftlichen Umgang mit ihren Hausgenossinnen pflegten, aber mit dem kleinen grauen Kater, den ich bei mir hatte, nicht. Ich durfte ihn also nicht hineinwerfen. Wenn ich die Bewohner des Hauses fragen würde: »Wollen Sie vielleicht dieses reizende Kätzchen haben?«, bekäme ich sicher zur Antwort: »Nein, danke, Sie können es behalten.«

Ich setzte also eine zaghafte Miene auf und klingelte, worauf eine Frau mit wirrem Haar erschien. Ich nahm an, die Besitzerin der Hunde und Katzen vor mir zu haben, und so sagte ich: »Hören Sie nicht auch das Gebell? Es hat nicht viel gefehlt und sie hätten dieses kleine Kätzchen zerfleischt. Es erreichte mit Mühe und Not die Pforte, und ich konnte es im letzten Augenblick retten. Halten Sie es mal, damit Sie fühlen, wie sein Herz klopft …«

Mit diesen Worten übergab ich ihr den kleinen Kater eilig. Sie, die kaum begriff, was da vor sich ging, barg den Kleinen in ihren Armen, um ihn vor den Hunden zu schützen, die wie von Sinnen an ihr hochsprangen. Glücklicherweise gelang es ihr schnell, die beiden mit ihren Rufen zu beeindrucken, so dass sie eingeschüchtert im Haus verschwanden. Dann streichelte sie ihn zärtlich an ihrer Brust und betrachtete ihn schuldbewusst. »Der Arme! Wie hat er gelitten! Das ist ja unerträglich geworden. Vorgestern haben sie einer vorbeikommenden Katze den Schwanz gekürzt. Ich muss sie ständig angebunden haben … Wie sein kleines Herz schlägt! – Wem mag er gehören?

Schade … Ach, dauernd fallen mir Katzen in den Garten! Wenn ich niemanden finde, der ihn nimmt, muss ich ihn wieder behalten. Und Sie, wollen Sie ihn haben?«

»Ich würde ihn gerne nehmen, aber meine eigenen Hunde sind schlimmer als die Ihren. Ein Schwanz genügt ihnen nicht. Sie tun den Katzen noch viel schrecklichere Sachen an. Vorgestern, wissen Sie, was sie da gemacht haben?«

»Ach schweigen Sie … Ich kann es nicht hören. Ich weiß … ich weiß … Ich werde ihn jetzt hineinbringen, um zu sehen, was ich tun kann. Ich danke Ihnen …«

Sie ging eilig ins Haus, um das Kätzchen irgendwo unterzubringen und dann ihre Hunde anzubinden. »Das schadet ihnen gar nicht! Diese Kerle!«, dachte ich. »Ihr braucht die kurze Leine, damit ihr beim nächsten Mal wisst, dass ihr keine Schwänze kürzen dürft!«

Ich hatte also meine Partie schlau gespielt. »Sag mir nicht, dass das nicht stimmt! Nachdem es mir gelungen ist, das Kätzchen in einem Haus mit Hunden unterzubringen, in dem es nicht nur absolut gefahrlos leben, sondern wo es besser als irgendwo anders leben kann.« Ich stellte mir vor, dass es sich in zwei Monaten ausgestreckt auf dem Tisch der Veranda sonnen würde.

Und dennoch kehrte ich nicht fröhlich ins Haus zurück. Fast unmerkbare Gewissensbisse hatten angefangen, mich zu bedrängen, Gewissensbisse gegenüber dieser Frau, deren Liebe alle in der Umgegend kannten und die dennoch immer wieder ihre Schwäche für schutzlose Tiere ausnutzten und ihr ein herrenloses Tier in den Garten warfen. Eine Stimme in mir sagte: »Letztendlich ist dein Spiel schmutzig, Marielli!« »Das macht nichts, der Zweck heiligt die Mittel!«, antwortete die andere Stimme frech. »Und außerdem hat man ihn mir ja auch in den Garten geworfen. Ich habe ihn ja nicht geboren … Ich habe nur getan, was man mir auch angetan hat.«

Genau vier Stunden später ging ich zu ihr und sagte ihr, sie möchte mir das Kätzchen zurückgeben, da ich ein gutes Haus für es gefunden hätte. Sie gab es mir nur zögernd, nachdem sie mich immer wieder gefragt hatte, um welches Haus es sich handle und ob sie es auch lieben würden und nicht nach kurzer Zeit wegwerfen würden. Ich sagte ihr, dass wir in Verbindung bleiben würden, und so gab sie es mir.

Heute ist das Kätzchen ein dicker grauer Kater geworden, der sich auf dem Tisch meiner eigenen Veranda sonnt.

Paris' Striptease

Wenn Paris auch die herzzerreißendsten Schreie ausgestoßen hat, als wir das Apartment in Athen verlassen haben, so wurde er letztendlich doch der glücklichste Bewohner der gesamten Gegend.

Das neue Haus begeisterte ihn. Der Hof versetzte ihn in Aufruhr. Der Garten machte ihn trunken. Er spazierte fassungslos von drinnen nach draußen, um zu verstehen, wie sich sein Reich so plötzlich vergrößert haben konnte. Für ihn war das Haus immer dasselbe gewesen, mit denselben Gegenständen, die er alle kannte, mit ihrem vertrauten Geruch. Wie konnte es also sein, dass sein Lebensraum um einen Garten erweitert war, um Bäume, Sträucher, Insekten, Vögel …?

Die Erklärung, die er finden würde, würde ich leider nie erfahren. Ich sah jedoch, mit welchem Verlangen und mit welcher Ehrfurcht er die Natur in sich aufnahm, die ihn als ein unendliches Geschenk umgab. Er schärfte seine Krallen endlich nicht mehr an den Schonbezügen der Sessel im Salon, sondern an dem Stamm eines Baumes. Als Toilette hatte er nicht mehr eine Wanne mit Kleie im Schrank, sondern frisch aufgescharrte Erde und zarte trockene Blätter. Es gefiel ihm, sich immer wieder auf dem Boden zu wälzen, bis sein schwarzes Fell grau geworden war. Und dann suchte er sich im Garten einen Platz mit Aussicht. Auf den setzte er sich und begann damit, sich in aller Ruhe und mit äußerster Gründlichkeit zu putzen, wobei er zwischendurch ein Bein senkrecht in die Höhe streckte, bis er wieder ein glänzender, blitzsauberer Puma geworden war.

Während die Hofkatzen, die draußen geboren und aufgewachsen waren, sich nichts sehnlicher wünschten, als ins Haus zu schleichen, streifte er, dem das Grün so viele Jahre vorenthalten war, den ganzen Tag draußen herum. – Das einzige Grün, das er bis jetzt kennen gelernt hatte, hatte sich in einer tönernen Vase befunden, an der er öfter stehen geblieben war, um sie zu plündern. – Bald genügten ihm nicht mehr Hof und Garten. Er ging auch zum nahen Wald.

Eines Nachmittags, als ich meinen gewohnten Spaziergang mit den Hunden machte und wir so richtig in das dichte Laubwerk des Waldes eingetaucht waren, entdeckte ich ihn an einem verborgenen, abgelegenen Platz, mit einem Strahl Wintersonne auf seinem Rücken. Ich werde nicht vergessen, wie verwirrt er war, als er mich plötzlich vor sich sah. Er stand auf, und mit allergrößter Vorsicht näherte er sich langsam und begann argwöhnisch an mir zu schnuppern. Er konnte nicht glauben, dass auch ich mich dort befand, in einer solchen Entfernung, ich, die für ihn ein Teil des Hauses war.

Und dennoch spielte ihm die Natur, die er so leidenschaftlich liebte und verehrte, einen schlimmen Streich. Und dazu auf seinem Pelz, dem edlen, der wegen seiner Schönheit in aller Munde war. Sein Fell wurde schütter. Langsam, aber stetig wurde es dünner. Und nicht so, wie die Katzen im Frühling ihre dichten Pelze ablegen, um ihre leichten Kostüme zu tragen. Er haarte im Spätherbst, mit dem Beginn des Winters! Dort zwischen den Hinterbeinen erschien ein weißes Loch, das von Tag zu Tag größer wurde und sich schließlich auch auf seine Waden ausdehnte …

Es sahen ihn zwei Tierärzte. Der eine sagte: »Pilze!« Der andere sagte: »Haarschwund!« Ich machte ihn beim Baden mit besonderen Lotionen verrückt. Er ließ es fluchend über sich ergehen, aber er zerriss mich nicht. Ich gab ihm mit tausend Listen Antibiotika ein. Ich rieb ihn mit verschiedenen Cremes ein. Nichts. Die Enthaarung schritt fort … Es ging so weit, dass er nur noch in der Taille und zum Kopf hin Haare hatte, während er nach hinten hin aussah, als trüge er eine lange weiße Unterhose. Ich bedauerte ihn. Die Kinder riefen »Nacktarsch« hinter ihm her, und er bemerkte ihre spotterfüllten Blicke und ging verwirrt, mit nervösen kleinen Schritten an ihnen vorüber.

Und zu dem Zeitpunkt, als ich mich sorgenvoll fragte, wie er die Kälte ertragen würde, wenn er auch noch das ihm verbliebene Fell verlöre, begannen kurz vor Winterende wieder einzelne Haare zu sprießen und schließlich ganz langsam seine gesamte schwarze Hose neu zu wachsen. Nur dass sie jetzt matter und fadenscheiniger war, besonders im Schritt. Und wenn du ihn beim Spazierengehen von hinten betrachtetest, erinnerte er dich an einen Cowboy mit abgetragenen Jeans.

Hinfort wiederholte sich diese Geschichte jedes Jahr. Jemand sagte uns, es könne auch eine Allergie sein auf Erscheinungen in der herbstlichen Natur. Ich selber dachte auch an eine Strafe der Natur für seinen arroganten Charakter: jeden Winter seine Großartigkeit zu verlieren und unter den verächtlichen Blicken der Hofkatzen einhergehen zu müssen, während die Hunde, die er so oft erniedrigt hatte, sich hinter seinem Rücken kaputtlachten, sobald sie ihn in die winterliche Kälte hinausgehen sahen.

Glücklicherweise hielt diese »Strafe« in der Tat nur über einen Teil der Winterzeit. Im Frühling wurde er dann wieder zum alten Herrn, der gemächlich und imponierend einherschritt, während alle ehrfurchtsvoll beiseite traten, damit er passieren konnte.

Tristana und Isoldis

Im Nachbarhaus haben sie nur reinrassige Tiere: als Hund einen kurzhaarigen »BELZEBUB« mit hervorstehenden Augen, der grund- und pausenlos bellt und zeitweise unablässig hin und her geht, als ob er etwas sucht, von dem er nicht mehr weiß, wo er es versteckt hat. Was immer er hört und sieht, bellt er an, selbst seine eigenen Herren.

Oft habe ich schon gedacht, er litte an einer Art Kurzsichtigkeit. Aber ich weiß auch, dass Hunde ihre Herren nicht nur an ihrer Erscheinung, sondern auch an ihrem Geruch erkennen und an den Geräuschen, die sie verursachen, wenn sie sich nähern.

Ich habe selbst Erfahrungen damit gemacht, als ich eines Abends auf meinen eigenen weißen Hund zuging, absichtlich in einem Paar Männerschuhe. Er erlitt einen solchen Schock, der arme Schlucker, dass er mich nur einen Augenblick lang panikerfüllt anbellte und sich dann in rasendem Tempo davonmachte. Ein anderes Mal zeigte ich mich demselben Hund in einem geliehenen schwarzen Regenumhang, und da war seine Reaktion ähnlich. Schließlich scheint es so, dass dieser Hund durch meine blöden Neckereien und vielleicht auch durch den Briefträger, der ihm während einer Hunderauferei versehentlich mit seinem Motorrad den Fuß zertrümmerte, Schaden an seiner Seele genommen hat. Er lebt ständig in Angst. Wenn er schläft, gibt er plötzlich eigenartige Laute von sich. Wenn ich ihm einen Knochen geben will, zieht er den Schwanz ein und flüchtet mit der einzigen Absicht, sich zu verstecken. Er frisst ganz allein und nur, wenn er sicher ist, das ihm keiner zuschaut.

Im Nebenhaus leben außer dem »Belzebub«, der aus einer Kreuzung mit einer unglaublich teuren Rasse stammt, noch zwei Siamkatzen, die sich in der Zeichnung ihres Fells vollkommen gleichen, im Übrigen aber sehr unterschiedlich sind.

Die eine, mit Namen GRETA, ist dick, eine große Dame mit

wiegenden, aufreizenden Hüften, Schwätzerin und Streithammel. »Wenn du reinrassig bist, dann sind wir Fische!« Hin und wieder geben mir die Hofkatzen den Eindruck, als würden sie ihr das boshaft zurufen, wenn sie miteinander streiten.

Dagegen ist die andere, mit Namen TRISTANA, die ihre Herren so genannt haben, weil sie stets gesenkten Blickes und mit einer gewissen Traurigkeit in den Augen einhergeht, zart und zurückhaltend. Eine einsame Katze, die sich noch niemals gezankt hat. Sie geht in Eile vorbei. Ein, zwei flüchtige Blicke in den Garten, und dann verzieht sie sich schnell nach drinnen. Die Katzengesellschaften ringsumher beteten sie an. Sie ärgerten sie unter keinen Umständen, aber flirteten auch nicht mit ihr. Tristana war unnahbar und stets ohne Liebhaber. Sie wusste anscheinend, dass ihr mikroskopisches Äußeres es ihr nicht erlauben würde, von einem Straßenkater ein Kind zu bekommen, denn sein gewaltiger Kopf würde sicher auf die Jungen vererbt werden und in der Gebärmutter stecken bleiben, so dass das Familienprogramm zum Scheitern verurteilt wäre. So ging sie den Liebhabern aus dem Weg, die zeitweise um das Haus schlichen, und überließ Greta das Feld und die Möglichkeit, den auszuwählen, der ihr gefiel.

Und Greta wählte gewöhnlich TOUTOU, einen getigerten, stark strapazierten, herrenlosen Kater, einem Infanteristen ähnlich, der nicht dazu kam, seine schmutzigen Stiefel auszuziehen, geschweige denn sich zu reinigen. Viele Male hatte er auch schon unsere eigenen Hofkatzen gejagt. Er war der aufdringlichste Bräutigam der gesamten Gegend, schielend auf einem Auge, das ihm allem Anschein nach die große erotische Leidenschaft verdreht haben musste. Er kletterte auf die Fenstersimse der Häuser und schrie fordernd, man möge ihm die Braut herausschicken. Er ließ sich durch nichts vertreiben. Die Dusche gehörte für ihn zur Routine.

Ich könnte ihn unablässig mit einem Holzscheit vertrimmen, um ihn vom Fenster zu vertreiben. Er jedoch würde mich ungerührt mit seinem schielenden Auge ansehen, ungerührt und bewegungslos. – Heldentum? Frechheit? Ich weiß es nicht …

Eines Tages, in der Zeit, in der er es auf unsere FANY abgesehen hatte, kam er während unserer Mahlzeit geradewegs ins Esszimmer spaziert. Er sah sich ohne Eile bei uns um, und da er seine Angebetete nirgends erblickte, schickte er sich an, ihr eine Visitenkarte an der Wand zu hinterlassen, die er mit seinem chiffrierten Spray schrieb. Wir sprangen alle auf. Einer wischte schnell weg, was Toutou leider zu schreiben geschafft hatte. Ein anderer jagte ihn hinaus. Dieses Mal hatten wir ihn tatsächlich eingeschüchtert. Er war nämlich Angst und Schrecken für uns geworden mit seinem Spray. Wir hielten Türen und Fenster geschlossen und hatten dennoch ständig das Gefühl, dass er von irgendwoher spaziert kam und irgendwohin spritzen würde, und wir reinigten alles ringsum mit Flaschen voller Chlor.

Wir sind oft zu dem Schluss gekommen, dass auch er kastriert werden müsste. Selbst den gutmütigen Engel NINIKO hätten wir kastrieren sollen. Aber ich wollte nicht wieder diejenige sein, die ihn zum Tierarzt brachte. Drei Kater hatte ich bis jetzt dorthin geschleppt, und den Anlass gab immer ihr verdammtes Spray.

Ich hatte den Eindruck, dass mich die in unserem Hof geparkten Kater schon misstrauisch ansahen, als ob sie zueinander sagen würden: »Passt auf die auf! Die schneidet kleine Bälle ab!«

In dieser Zeit trat zum ersten Mal ein hellroter junger Kater in Erscheinung mit romantischen gelben Augen und einem feinen Moustache D'ARTAGNAN unter seiner Nase. Und während die Kiefer der Hunde hasserfüllt ins Leere schnappten und ihr Gebell alle Welt in Aufruhr versetzte, gelang es diesem, von einem Baum zum anderen zu springen, auf das Dach zu klettern und es sich dort in einer Ecke bequem zu machen. Er fixierte seine Augen auf das Nachbarhaus und wartete. Worauf wartete er?

Am Abend in der absoluten Stille, die manchmal eintrat, ließ er plötzlich ein paar ängstliche Laute hören wie von einem Käuzchen.

Ich sah, dass Fany ihren Platz neben dem Kamin verließ, wie sie erregt zitterte und schnell ihre Krallen am Holz der Tür schärfte, damit wir ihr öffneten zum Ausgehen. Und Greta nahm, sobald sie ihn hörte, auf der Schwelle vor unserer Küche Platz und rief ihm herausfordernd zu: »Hier, mein Junge, hier!« Aber er, nein. Wie festgenagelt am selben Platz bat er beharrlich und wartete.

Ein, zwei Tage? Zwei Nächte? Ich erinnere mich nicht mehr, wie oft er kam, immer Gefahr laufend, von den klaffenden Kiefern zermalmt zu werden. Das klagende Stimmchen war immer wieder ängstlich zu hören. – Wo blieb das wilde Geschrei von Toutou?!

Bis ich sie eines Nachmittags sah. Auf den Stufen der eisernen Treppe, einander stumm anblickend aus angemessener Entfernung. Die stille Tristana, die ich noch niemals auf der Straße gesehen und deren Stimme ich noch nie gehört hatte, und den roten d'Artagnan. Jetzt sahen sie sich schweigend an. Sie verkehrten bewegungslos miteinander, wie nur die Tiere miteinander kommunizieren können und wie die Menschen es manchmal können in Augenblicken vollkommener Liebe und Übereinstimmung. Sich in die Augen zu sehen, ohne etwas zu sagen, und gleichzeitig alles zu sagen …

»Nach einem Leben ohne Liebhaber kann es nicht angehen, dass sich Tristana nicht an das Verbot erinnert, womit sie die Natur begrenzt hat, keinen Kater außerhalb ihrer Rasse zu lieben.«

»Es wird nichts passieren«, dachte ich. »Sie wird ihn in Kürze fortschicken und wieder hineingehen, um sich dort zu verstecken.« Und dann dachte ich wieder an Greta, die es stolz mit jeder Rasse von der Straße schaffte. Vielleicht war Greta doch nicht so reinblütig oder hatte dadurch, dass sie so gerne fraß und stritt, die Ausmaße einer Straßenkatze angenommen? Während ihre Jungen in den ersten Wochen nach der Geburt die Färbung der Mutter hatten und alle sagten: »Ah, Siamkatzen!«, und ihre Beteiligung an der Vergabe anmeldeten, demaskierten sich die Kätzchen wenige Monate später, nachdem sie sie in ihr Haus genommen hatten. Aus beige elfenbeinfarbenen

Siamkatzen waren kleine getigerte Toutous geworden mit der gleichen gellenden Stimme, dem gleichen Gesicht außer dem schielenden Auge, und derselben Frechheit. Das ging so weit, dass eins ihrer Kinder in einer Bratpfanne in der Küche gefunden wurde, zusammengerollt und schlafend.

Tristana konnte jedoch ihre Natur nicht ändern. Sie war mikroskopisch, fein und aß wenig. Ihr würde die Mutterschaft für immer vorenthalten bleiben.

Als Greta gebar, wurde Tristana eifersüchtig. Sie schlich sehnsuchtsvoll um den Korb mit den Babys herum. Sie lauerte darauf, dass sich Greta entfernen würde, damit sie sich selbst neben die Kleinen hocken, sie berühren, sie reinigen und sich ein wenig der Täuschung hingeben könnte, es wären ihre eigenen … Und Greta war mit allem einverstanden. Sie überließ sie ihr für Stunden, während sie sich selbst in der Sonne ausstreckte oder in meinem Garten mit den Hofkatzen stritt.

Es hatte den Anschein, dass Tristana in den blonden Kater, der d'Artagnan ähnelte, verliebt war. Er wurde ihr ISOLDIS … Sie nahm weder Nahrung zu sich, noch betrat sie in diesen Tagen ihr Haus. Angelockt von seinen zärtlichen Rufen, wie magnetisiert, stieg sie Stufe für Stufe die eiserne Leiter hinauf.

Wann immer ich auf den Balkon hinaustrat, sah ich, dass sich der Abstand zwischen ihnen verkleinert hatte. Doch ich sagte: »Das kann nicht sein. Tristana kennt sehr gut die Gesetze ihrer Natur. Besser als wir. Es wird nichts passieren. Sie bildet sich nur ein, dass sie eine Liebesgeschichte erlebt, so wie sie sich einbildet, geboren zu haben, wenn sie in Gretas Korb schlüpft.«

Es schien jedoch, als hätten wir uns getäuscht. Sie liebte den Blonden so sehr, dass sie ihrer Sehnsucht und seinen Bitten, sie zu berühren, nachgab, obwohl sie vielleicht wusste, dass sie zusammen mit allem, was sie ihm anbot, ihm auch ihr Leben gab. Kein lebendes Geschöpf außer dem Menschen will den Tod in seinem Nest finden, und solange es kann, wird es seine Schritte irgendwohin lenken, wo es sich verstecken kann, um zu sterben. Und die kleine Tristana zog sich eines Tages im Sommer auf eine Seite unseres Gartens zurück. Sie versteckte sich in einer dunklen Ecke im leeren Kesselraum.

Sie war tot, als wir sie fanden, mit zwei neugeborenen blonden Kätzchen, die ebenfalls tot waren. Das eine war halb ans Licht des Lebens getreten, hatte es nicht geschafft, die Grenze zu passieren, die seine Mutter ihm setzte. Wir begruben sie in einer Ecke des Gartens, unseres eigenen Gartens, den sie nie gewagt hatte zu besuchen.

Jetzt bemühen wir uns, nicht mehr von ihr zu reden. Wir wollen sie vergessen.

Ich denke, dass die Tiere, die uns niemals enttäuschen, uns irgendwann betrüben, und zwar ungewollt ... Und die Zeit, die mit so vielen vierbeinigen Neuerscheinungen um uns herum einhergeht, hilft, sie zu vergessen. Es gebar Greta. Es gebar Fany. Sie warfen uns drei herrenlose Kätzchen über den Zaun. Es wird der Sommer vergehen, es wird der Winter kommen mit immer wieder neuen Liebesbeziehungen.

Und dann, eines Abends in der Kälte wird wieder der entsetzliche Schrei Toutous zu hören sein. Und es werden wieder die Töpfe mit Wasser aus dem Fenster gehalten werden. Dann wird wieder kaum vernehmbar das Stimmchen des blonden d'Artagnan zu hören sein, leise und eindringlich wie die des Käuzchens. Er wird Tristana bitten, ein wenig herauszukommen. Er wird bitten und bitten und ... Wie viele Nächte wird er wohl wieder bitten? Es wird auch die dicke Greta mit ihrem Gehabe angesprungen kommen, sich wiegend und rollend, als ob sie ihn herausfordern, reizen will. Und Fany mit dem Blick der Deborah Kerr, ein bisschen modisch, ein bisschen wollüstig, wird so tun, als käme sie zufällig an ihm vorbei, und sich ständig in Positur setzen. Er jedoch wird noch ein wenig warten dort auf der Treppe, schweigend, weil er es dann spüren wird, dass es sie nicht mehr gibt, um sie zu rufen. Er wird es so spüren, wie es ihm die Natur ganz leise von innen sagen wird. Und vielleicht wird sie ihm auch von ihrem

Opfer erzählen und davon, wie sehr sie ihn geliebt hat. Traurig wird er dann in sein Revier zurückkehren, und vielleicht werden wir seine Stimme nicht wieder hören.

Intermezzo

Als ob mir die Hunde und Katzen, die ich zu füttern hatte, nicht gereicht hätten, beschloss ich, auch noch eine Hühnerfamilie im Hof anzusiedeln. Wie es dazu kam? Letztlich haben mich die Ratschläge meiner Bekannten und Freunde dazu gebracht: »Also wirklich, so viele Katzen und so viele Hunde! Was bieten sie dir? Besorge ein paar Hühner, damit du Eier hast und Fleisch! Nicht das, was du jetzt isst, das industrielle, das keinen Geschmack hat und sich anfühlt, als kautest du auf Nylon herum. So wirst du Genuss erleben!«, hörten wir immer wieder. »Dann kommen wir, wenn du uns den Tisch gedeckt hast. So etwas wird Essen sein und nicht, was du uns jetzt zubereitest. Sieh zu, dass auch deine Kinder endlich mal ein frisches Ei bekommen!«

Sie haben mich bedrängt, und nicht nur das, sondern ich war selbst total begeistert. Die Idee von einem bunten Hahn, der stolz in meinem Garten einhergehen würde mit seinem Kamm und Sporn, rief fröhliches Lachen bei mir hervor. – Ich begann also in den entsprechenden Fachgeschäften zu suchen. »Und welche Rasse wünschen Sie?«, fragte mich ein Händler. »He, sprechen Sie nicht davon! Auch dort Rassismus? Auch bei den Hühnern? – Nein, ich will keine Hühner mit Adelstiteln. Haben Sie vielleicht irgendwelche Straßenhühner?« Er sah mich voller Entsetzen an: »Wollen Sie mich auf den Arm nehmen?«

Er hatte jedoch Dorfhühner. Das waren kleine dicke Damen, die mir den Eindruck vermittelten, sie trügen lange braune Röcke über ihren gewaltigen Hinterteilen und hätten die Hände in die Hüften gestemmt, während sie geschäftig und neugierig mal hier und mal dort herumpickten. – Die wählte ich aus. Und einen Hahn, den ich IWAN nannte, weil er einem Russen aus der zaristischen Epoche ähnelte, groß, ein Herr mit weißer langer Pumphose und dunklen Stiefeln. Er akzeptierte mich niemals. Die Damen schlossen schnell Freundschaft mit mir, fraßen mir sogar aus der Hand. Iwan tat das nie.

Ich brachte sie im hinteren Teil des Hofes unter auf einem gezwungenermaßen eingezäunten Platz, aus Furcht vor den Hunden, die das Gehege sofort einkreisten, gierig ihre Zungen heraushängen ließen und die Hühner wie hypnotisiert anstarrten.

Schon vom ersten Tag an begriff ich, dass dieses neue Volk, das jetzt mit uns leben sollte, beängstigend strenge Regeln hatte: Weckruf um fünf Uhr früh, das heißt, Iwan begann mit seinen Schreien von vier Uhr an. Um fünf hörte man draußen die erste Meldung. Kurz vor Sonnenuntergang schluckten sie eilig die letzten Bissen hinunter und zogen sich zu einer frühen Formation zurück. Der Zapfenstreich fiel mit dem ersten Licht zusammen, das im Haus aufleuchtete. Um ein Uhr nachts war immer ein vor Schläfrigkeit halb unterdrückter Trompetenstoß zu hören. Ich weiß nicht, was er bedeutete. Vielleicht war es die Aufforderung an alle, die Seiten zu wechseln.

Sie akzeptierten Iwan einstimmig als ihren Führer. Und obwohl er der einzige Mann unter so vielen Frauen war und er sich von allen hätte bedienen lassen können, kümmerte er sich unermüdlich um sie. Er stolzierte ständig unter ihnen einher. Wenn sie fraßen, stand er wie ein Butler hinter ihnen, verbeugte sich unablässig, sammelte alles auf, was den Damen versehentlich aus den Schnäbeln gefallen war, und schluckte diese Bissen in erstaunlicher Bescheidenheit als eigene Nahrung herunter. Wenn er etwas fand, was ihm ein ausgefallener Happen zu sein schien, so verspeiste er ihn nicht in aller Eile selber, sondern er rief sie, um ihnen diesen anzubieten, mit der gleichen Stimme, mit der ich später die Glucke ihre Küken herbeilocken hörte. Zu diesem Zeitpunkt verstand ich zum ersten Mal, warum man früher im Hahn ein Symbol für Ritterlichkeit gesehen hat.

Er war jedoch auch streng. Wenn zum Beispiel zwei seiner Damen aneinander gerieten und dabei sogar die Federbüschel flogen, trennte er sie sofort, indem er einen lang gezogenen rauen Ton von sich gab: »Ääää!« Und schon hatten sie sich um ihn versammelt.

Er benachteiligte keine von ihnen, sondern umsorgte jede auf die gleiche Weise, indem er unermüdlich zwischen ihnen einherspazierte als aufmerksamer Wächter. Er ruhte sich nur aus, wenn auch sie sich ausruhten. – Da war allerdings etwas, was ich mir nie erklären konnte: ein böser Gedanke, der hin und wieder Besitz von ihm ergriff, während er auf seiner Stange saß, mit all seinen Damen still um sich versammelt. Nachdenklich, die Augen halb geschlossen, verzog er plötzlich wütend seine Miene und rief hasserfüllt: »Huren!!!« Absolut keine von ihnen aber rührte sich oder erhob sich, um zu verschwinden. Es ging sie anscheinend nichts an.

Jeden Tag stellten sie vollkommen unauffällig ein Huhn dazu ab, die Bewegungen rund um den Stall herum zu beobachten, um ganz unbeschwert sein zu können. Wenn diese Wächterin einen Hund entdeckte, der sich von seinem Platz entfernt hatte, oder auch mich aus der Küche hatte kommen sehen, ließ sie einen stockenden Ton hören wie das heimliche Lachen einer bösen Hexe.

Ich hatte also gelernt, dass ich, sobald ich dieses Lachen hörte, nachsah, wer da kam oder wer vorbeiging. Wenn es zufällig ein neuer Hund war, der da erschien, verwandelte sich das Lachen in ein mehrstimmiges Geschrei furchtbaren Schmerzes, so als ob sie alle zusammen ein Ei gelegt hätten, wobei der Lauteste und Beste ihr Hahn war. – Unvergessen wird mir und vielleicht auch meiner Hühnerschar immer die erste Nacht bleiben, die sie auf meinem Anwesen verbrachten.

In meiner Ahnungslosigkeit bezüglich ihrer Gewohnheiten und Regeln hatte ich in ihre Einzäunung drei kleine hölzerne Häuschen gestellt wie jene, die die Hunde haben.

Ich zog es vor, drei kleine Häuschen zu bestellen und nicht ein großes, weil ich annahm, dass es für sie viel zufriedenstellender sei, zu zweit zu schlafen oder auch zu dritt, und dass sie sich so wohler fühlen würden.

Den ganzen Tag zeigten sie sich glücklich. Sie gingen in allen drei Häuschen ein und aus, pickten eine Kleinigkeit auf, fraßen gackernd von dem Futter, das ich ihnen hingestreut hatte, und nichts deutete auf das Missfallen hin, das folgen würde.

Sobald es zu dämmern begann, hörten sie mit dem Hin-und-her-Spazieren auf und versammelten sich vor ihren Häuschen. Sie taten wie Touristen, die man aus dem Hotel gejagt hatte und die nun mit ihrem Gepäck auf dem Bürgersteig standen. »Warum gehen sie nicht hinein?«, fragte ich mich. »Vielleicht ist eine Katze hineingeschlüpft und sie fürchten sich?« – Später verstand ich die Gründe: Sie wollen sich nicht trennen. Der Schlaf ist für sie eine schwierige Zeit. Sie wollen sich vergewissern, dass sie einen sicheren Ort haben, wo sie alle zusammenhocken. Denn sobald sie eingeschlafen sind, können sie sich keiner Gefahr mehr widersetzen. – Mit den kleinen Häuschen aber trennte ich sie, etwas, das sie um nichts in der Welt akzeptieren wollten. – Außerdem gab es keinen Baum in ihrem Gehege, auf den sie hätten klettern können.

Endlich, nachdem sie sich lange genug Gedanken gemacht hatten und es fast dunkel geworden war, fasste Iwan als Erster den Entschluss, in eines der Häuschen hineinzugehen und damit seiner Hühnerschar das Signal zu geben, es ihm nachzutun. Und sie taten es ihm nach. Sie wollten jetzt alle in genau dasselbe Häuschen wie er. Sie begannen damit, ihn zu bedrängen, ihn zu schubsen, ihn zusammenzudrücken. Ich hatte Angst, sie würden ihn zerquetschen. So eilte ich hinzu und packte das erste Huhn, dessen ich habhaft werden konnte, und zog es an den Beinen heraus. Sobald ich es wieder losgelassen hatte, sprang es angstvoll schreiend auf, entwischte mir und stürzte sich mit erneuter Kraft wieder hinein und verschwand in dem Federchaos.

Schließlich gelang es ihnen, und sie waren alle drinnen. Das heißt, die Nacht fand sie vereint, nachdem sie zu einem warmen Hühnerball geworden waren. Ich steckte meine Hand in die Dunkelheit und versuchte zu begreifen, was ich da anfasste.

Am nächsten Tag verbanden wir die drei Häuschen miteinander, indem wir die inneren Trennwände wegnahmen. Gleichzeitig bauten wir ihnen eine Baracke über alles, weil sie die Häuschen letztlich nur wollten, damit die Damen ihre Eier darin ablegen konnten. Zwei davon hatten sie schon in ein Entbindungsheim verwandelt mit zwei dicken runden Glucken darin, die es nicht einmal zuließen, dass sich jemand bückte, um sie zu betrachten.

Sie zogen es vor, hoch oben auf einer Holzleiste in der Mitte der Baracke zu schlafen, mit ins Leere hängenden Hinterteilen, und sich die ganze Nacht der Scheißerei hinzugeben. So lebten sie eine ganze Weile glücklich, würde ich sagen, und belohnten mich für das, was ich ihnen anbot, mit ihrem kostbaren Erzeugnis. Es war ein wunderbarer Augenblick, die Hand in das Heu zu stecken und ein warmes Ei auszugraben.

Bis das große Feuer jenes furchtbaren Mittwochs im August, als fast ganz Griechenland verbrannte, schließlich auch noch unseren Wald in Asche legte. Autos mit um die Mittagszeit aufgeblendeten Scheinwerfern rasten hupend durch die Gegend und verbreiteten so noch größere Panik. Das Einzige, was ich noch tun konnte, um die Hühner zu retten, war, die Tür zu ihrem Gehege zu öffnen und ihnen zuzurufen: »Schnell heraus!!« Ich glaubte, dass ihr Instinkt sie leiten würde, sich zu entfernen und zu retten.

Als wir wenige Stunden später zurückkamen, nachdem das Feuer vorüber und zum Berg gezogen war, fanden wir das Haus unberührt, aber alles rundum sah aus, als wäre schwarzer Schnee gefallen.

Die Katzen waren unsichtbar. Sie begannen mit ihrer Rückkehr am Abend, eine nach der anderen bis zur letzten am nächsten Tag, je nach der Strecke, die jede voller Schrecken zurückgelegt hatte. Die Hunde waren nicht geflohen. Ein Nachbar, der sich zufällig zum Zeitpunkt des großen Angriffs dort befunden hatte, erzählte uns, dass die Hunde wie Kerveros vor dem weit geöffneten Gartentor Aufstellung genommen und wütend die Flammen angebellt hatten, um sie daran zu hindern, hereinzukommen. Sie wären fast verbrannt. Es retteten sie die Feuerwehrleute, die mit ihren Schläuchen Wasser auf sie spritzten.

Den Hühnerstall retteten sie jedoch nicht. Das war das einzige

Gebäude auf unserem Grundstück, das niedergebrannt war. An dieser Stelle waren viele brennende Kiefernzapfen heruntergefallen.

Tatsächlich hatten sich die meisten Hühner gerettet, indem sie hinausgerannt waren. Aber es waren auch drei verbrannt, darunter die KACKA, eine Dicke mit ewig kotbeschmiertem Hinterteil, die ich jedoch besonders gern mochte, weil sie, wenn sie zu mir kam, um etwas aus meiner Hand zu picken, es nicht gierig packte, um dann schnell damit zu verschwinden, sondern mir ein paar leise Worte sagte, bevor sie sich bediente.

Vor kurzem zogen sie in einen neuen Stall um, den wir ihnen am anderen Ende des Hofes gebaut hatten. Er war viel größer. Er war so groß, dass ich selber hineinpasste. Und ich machte es mir zur Gewohnheit, in den Nächten mit einer Taschenlampe nachzuprüfen, ob sich noch alle an ihren Plätzen befanden, denn außer damals durch das Feuer war auch sonst schon mal eines auf unerklärliche Weise verschwunden.

Es war eigenartig, wie sehr sie in diesem Augenblick an einen öffentlichen Schlafsaal erinnerten, voller müder Arbeiterinnen, die den ganzen Tag geschuftet hatten. Nun, in einen tiefen Schlaf versunken, fühlten sie sich durch das Licht gestört. Sie gackerten ein paar unverständliche Proteste, wobei einige von ihnen ihren Schnabel noch tiefer unter die Flügel steckten, und schliefen weiter. Ich knipste jetzt die Taschenlampe aus und sagte: »Gute Nacht, Mädels! Gute Nacht, Iwan!«

Der englische Offizier

Dieser Feinschmeckerfreund, der uns am meisten von allen dazu gedrängt hatte, den Hühnerstall zu bauen, damit er Hühnchen vom Lande essen könne, wie er sagte, begann unruhig zu werden, da er noch keinen einzigen gedeckten Tisch am Horizont erblickte: »Was läuft da ab? Esst ihr die Hühner allein? Schämt ihr euch nicht!?« Ich erklärte ihm, dass wir letztendlich nur die Eier essen und dass er gern ein Omelett haben könne. Aber gebackene Hühnchen wolle ich ihm nicht anbieten, weil ich mit den Hühnern Freundschaft geschlossen und ihnen verschiedene Namen gegeben habe, und dass es mir unmöglich sei, die FENIA zu kochen oder ihm die Schenkel der ALEXANDRA zu servieren. Ich betrachtete es als Kannibalismus.

Anscheinend hatte er verstanden, denn er fragte uns nicht wieder. Bis er eines Sonntagabends bei der Rückkehr von einem Ausflug an unserem Haus vorbeikam und uns ein »an Händen und Füßen« gebundenes Stück Geflügel mitbrachte, das er, wie er sagte, soeben geschenkt bekommen hatte.

»Mit diesem hier sind Freundschaften verboten. Er hat keinen Namen. Sie nennen ihn nur Hahn, und zwar Coq au Vin. Ich werde selbst kommen, um ihn zu kochen. Füttere du ihn nur, damit seine Haut schmackhaft wird.« Das sagte er und ging eilig davon, nachdem er uns einen kraftlosen braunroten Hahn hinterlassen hatte, der eine aufgeblähte Brust und eine kakifarbene Taille hatte und unten aussah, als trüge er die Hose eines Soldaten. Wenn er stand, stellte er einen Fuß hinter den anderen, und da er die Flügel ständig dicht am Hals trug, gab er uns den Eindruck von einem englischen Offizier in Ruhestellung. Wir nannten ihn also »ENGLISCHER OFFIZIER«, anstatt ihn uns auf einem Teller serviert vorzustellen mit runden rosigen Zwiebeln.

Aber bis unser Freund käme, um ihn zu kochen, musste ich ihn doch irgendwo unterbringen, denn im Hühnerstall mit den anderen zusammen war es unmöglich. Sobald IWAN ihn sah, stürzte er sich wie von Sinnen auf ihn, und nachdem er mit ihm gemacht hatte, was er mit einem Huhn machen würde, begannen er und seine Damen damit, ihn kreuz und quer durch das Gehege zu jagen. Der arme »Engländer« lief immer am Zaun entlang, um sich zu retten, und schrie dabei mit einer weiblich kreischenden Stimme.

Ich brachte ihn in dem alten halb verbrannten Stall unter, der ihn zwar nicht sehr vor Kälte schützen würde, für die wenigen Tage, die er dort leben würde, aber ausreichen müsste.

Unser Freund hatte es nicht geschafft, wie angekündigt zu erscheinen, weil ihm plötzlich etwas dazwischen gekommen war, wie er uns am Telefon erzählte, weshalb er es vorzog, ihn uns noch länger zu überlassen, damit wir ihn mästeten. Das bewirkte, dass ich mich ein bisschen wie die Drachenfrau im Märchen fühlte, die die gefangenen Kinder fütterte, bis sie dick genug waren, dass ihr Mann sie fressen würde. Allerdings war es mir bis jetzt überhaupt noch nicht in den Sinn gekommen, ihn zu retten. Ich sagte zu meinen Kindern, die ihn bedauerten: »He, wir wollen auch nicht übertreiben. Der Mann sehnte sich danach, ein Stück Geflügel zu essen, also besorgte er eins, und er wird es auch schlachten und kochen. Vergesst nicht, dass wir manchmal auch ein Hühnchen am Spieß kaufen, das aber sein Leben gelebt hat!«

Der »englische Offizier« nahm in der Tat inzwischen an Gewicht und Schönheit zu. Seine Brust war vor Stolz geschwollen. In den Nächten schlief er im alten Stall, aber den ganzen Tag über hatte er das einzigartige Vorrecht, das die anderen vom neuen Stall nicht hatten. Er spazierte frei im Garten herum. Die Hunde sahen ihn schief an und ließen schnell die Zungen heraushängen, sobald er bei ihnen vorbeistolzierte, aber sie wagten es schließlich nicht, im Hof und unter meinen Augen etwas anderes als hinterhältige Gedanken zu haben und Ränke für die Zukunft zu schmieden. Aber welche Zukunft? Da wir ihn doch selber essen werden!

Der Engländer hingegen schien unsere gierigen Gedanken zu spüren, denn er mied auch die geringste Berührung mit uns. Er bewegte sich immer mit größter Vorsicht, und sobald er jemanden näher kommen sah, sprang er schnell auf den nächsten Baum. Er kam nicht zu uns, um sich abzuholen, was wir ihm anboten, sondern er betrachtete uns argwöhnisch und entfernte sich. So lebte er tatsächlich ganz allein. Aber wenn er zufällig ein Würmchen fand, so grub er es schnell mit seinen Füßen aus und rief für kurze Zeit nach einer Gefährtin, der er seinen Fund anbieten wollte. Schließlich fraß er es still vor Enttäuschung selber auf.

Ganz allein ging er auch am Abend schlafen. Er hatte weder Hennen noch Pflichten. Sobald es dunkel wurde, schritt er langsam auf den angekokelten Hühnerstall zu, um sich hoch oben auf einem geschwärzten Balken zur Nachtruhe zu begeben.

Bis eines Freitagabends unser Freund anrief.

»Was macht die Speise?«, sagte er zu mir. »Er ist gerade schlafen gegangen.«

»Gut, gut. Warte, bis es ganz dunkel ist, dann gehst du hin und fängst ihn im tiefen Schlaf. Ich will morgen kommen, um einen Coq au Vin aus ihm zu machen, und wenn er frei herumläuft, lässt er sich nicht fangen. Geh also in etwa zwei Stunden hin und binde ihm die Füße zusammen. So gebunden lässt du ihn liegen, bis ich komme, um die Sache in die Hand zu nehmen. He, hörst du mich?« Ich hörte ihn, aber es hatte ein leichter Krampf angefangen, mir den Magen zusammenzudrücken. Zuerst hatte ich die Idee, ihm zu sagen, er solle selbst kommen, ihn zu fangen und zu binden, aber bei dem Gedanken, dass er uns bis in die Nacht hinein mit seinem Geschwätz wach halten würde, zog ich es vor, nichts zu sagen. »In Ordnung. Ich werde nachher gehen, um ihn zu binden, und komm du morgen, wann immer du möchtest«, schloss ich und beendete das Gespräch.

Ich machte den Kindern das Abendessen und schickte sie früh ins Bett. Dann legte ich noch ein paar Scheite auf das Feuer und setzte mich zum Fernsehen zurecht. Zum Hühnerstall würde ich später gehen, wenn er fest eingeschlafen war. Aber diese Mission, die ich übernommen hatte, machte mich fertig. Ich bekam nichts von dem Film mit, den ich gerade sah. »Nun zur Sache. Es ist sein Hahn. Er hat ihn gebracht. Ich werde ihn für ihn binden, und dann kann er machen, was er will.« Fest entschlossen stand ich auf, um mit dem Thema Schluss zu machen.

Es herrschte eine Hundskälte. Bibbernd lief ich zum alten Stall. Die Zugluft pfiff dort aus hundert Ecken. Trotz allen Wergs und Holzes, das wir in die verkohlten Fugen gestopft hatten, drang die Kälte mit Macht herein. Er hatte sich an das äußerste Ende eines Balkens gehockt in der Annahme, dass ihn dort oben niemand erreichen könnte. Ich richtete das Licht auf ihn. Er reagierte nicht, denn er hatte den Kopf in die Brustfedern gesteckt, um sich mit seinem Atem zu erwärmen. Ich streckte meine Hand aus, um ihn zu packen, aber ich zögerte. Wie sollte ich ihn binden? Gleichzeitig wollte ich schnell machen, weil ich das Kaminfeuer hatte brennen lassen und der Fernseher noch eingeschaltet war. Zudem hatte ich es wegen der lausigen Kälte eilig, wieder in meinen warmen Sessel zu kommen und zu meinem Glas Kognak, den ich mir gerade eingeschenkt hatte. – Genau in diesem Augenblick dachte ich, dass er nichts von alledem hatte. Er lebte ganz allein in diesem Stall, der ihn nicht einmal vor der Kälte schützte. Und das einzig Kostbare war seine Haut. Und wir, die wir mit so vielen Gütern eingedeckt waren, wollten ihm diese Haut noch nehmen …Ich schämte mich. Das Licht der Taschenlampe flackerte einen Augenblick. Dann erlosch es langsam.

Ich kehrte völlig durchgefroren ins Haus zurück. Ich rieb mir die Hände, um wieder zu mir zu kommen. Hinterher rief ich unseren Freund an und versuchte, ihm alles genau zu beschreiben, wie ich fühlte. Hatte ich alles richtig rübergebracht? Hatte auch er schließlich Mitleid mit dem Engländer? Er ließ es mich nicht wissen. Er antwortete ironisch mit Neckereien: »He, du solltest diesem armen Schlucker noch einen Fernseher in seinen Stall stellen und einen Heizkörper.« Er verzapfte noch mehr Unsinn, an den ich mich nicht mehr erinnere, aber Tatsache ist, dass er nichts mehr von Röstzwiebeln und Serviervorschlägen sagte.

Das Thema wurde vergessen. Der englische Offizier lebte weiter und spazierte frei im Garten herum. Er kratzte die Erde auf, um Würmer zu finden und voller Freude die Hühner zu rufen, denen er sie anbieten wollte. Vom neuen Stall aus hörten ihn die Hühner, liefen wie von Sinnen auf den Zaun zu und drängten sich mit all ihrer Kraft dagegen. Der Zaun blieb an seinem Platz, so sehr sie auch drückten, und schließlich kam der wütende Schrei Iwans, der sie wieder zu sich brachte: »Hühner!« – So fand ihn der Frühling lebendig vor, ebenso der Sommer, aber dann, in seinen ersten heißen Tagen, verloren wir ihn.

Zuerst glaubten wir, dass er sich irgendwo einen Schattenplatz gesucht hatte. Als es jedoch Nacht wurde und er nicht zum Schlafen in seinen Stall kam, begriff ich, dass ihm etwas Schlimmes zugestoßen war.

Am nächsten Tag suchte ich den ganzen Garten ab mitsamt dem angrenzenden Gelände. Ich fand seine Federn, kaki, kaffeerot, verstreut unter einem Strauch, dort, wo gewöhnlich die herrenlosen Hunde ihre Knochen abnagen. Einer von ihnen wird sich ihn geschnappt haben. Wer aber?

Ich versammelte sie alle, zeigte ihnen die Federn und versuchte dabei, ihre Reaktionen zu durchschauen. Sie sahen mich mit anscheinend unschuldigen Augen an. Kaum aber begann ich laut und wütend zu fragen: »Wer hat den Engländer gefressen?«, da begann einer zu zittern, ein anderer schuldbewusst seinen Schwanz einzuziehen und ein dritter in Panik davonzusausen. Waren es demnach alle gewesen? Wer weiß …? Und während mich der Gedanke tröstete, dass das, was geschehen war, wenigstens im Sinne des Gleichgewichts in der Natur war, enthüllte mir diese in der Gestalt eines breiten Pfotenabdrucks, dass es UMSTANDSKRÄMER gewesen sein musste, der es aufgrund der Hitze vorgezogen hatte, seine Pfoten nicht über vier Kilometer zu ermüden, um Essensreste zu finden, sondern sich lieber zu Hause bediente.

Wie ich es herausbekam? Während der nächsten Hitzewelle verübte er einen Anschlag auf den neuen Stall. Ich sah ihn, wie er sich unter dem neuen Zaun hindurchschob mit einem Huhn im Maul. Er war es also, der zärtliche Herr mit dem runden Bärengesicht und dem schlampigen Gang ...

Persönliche Beobachtungen

Da ich also von so vielen Hunden und Katzen umgeben war, begann ich zu glauben, dass es mir schließlich doch gelungen war, mit ihnen im Einklang zu leben, nachdem ich mich mit ihrem Kommunikationskodex vertraut gemacht hatte. Bis zu diesem Augenblick hatte ich beobachtet, dass die Katzen den Kodex der Hunde ausgezeichnet kannten.

Wenn die Hunde bellten, weil ein Fremder das Haus betreten wollte, dann verdunkelten sich die Augen der Katzen voller Unruhe, und oft näherten sie sich den Fenstern, um zu sehen, wer der Besucher war, oder sie versteckten sich schnell. Wenn aber die Hunde bellten, weil draußen jemand vorbeiging, blieben die Katzen unbeteiligt sitzen, oder sie reckten sich lässig. Immer wenn ich versuchte, die Hunde heimlich zu füttern, ohne dass die Katzen es merken sollten, hatten diese uns in wenigen Minuten eingekreist und verlangten, als Erste ihre Mahlzeit einzunehmen. Fütterte ich hingegen zuerst heimlich die Katzen, so nahmen die Hunde fast niemals Notiz davon. Und ich nehme nicht an, dass es nur eine Frage des Geruchssinns war, weil es bekannt ist, dass die Hunde besser riechen können als die Katzen.

So kam ich zu dem Schluss, dass jede Gruppe verschiedene Bemerkungen macht wie: »Ran an die Bouletten …!« »Wer zuerst kommt, mahlt zuerst …!« »Dieses Fett, das man nicht herunterbekommt, wird sie uns geben …!«

Anscheinend dechiffrieren die Katzen den Kodex der Hunde bis in alle Einzelheiten und setzen sich sofort in Bewegung, während die Hunde wohl nicht viel vom Katzenkodex wissen, wenn sie apathisch am anderen Ende des Gartens liegen.

Untereinander, so habe ich es beobachtet, verständigen sie sich durch Blicke, durch Bewegungen und vor allem Düfte. Ein Hund, der sein Bein hebt und alle paar Meter an einen Baum pinkelt, tut nichts anderes in diesem Augenblick, als seine Botschaften zu verteilen, seine Visitenkarten sozusagen. Und was kann seine Karte meinen? Zuallererst macht sie Reklame für seine sexuellen Fähigkeiten, während er gleichzeitig vermeldet, dass ihm die Gegend gehört, die er besprenkelt hat. Der nächste Hund, der dort vorbeikommt, sorgt ganz schnell dafür, dass die Karte seines Vorgängers verschwindet, indem er seine eigene darauf hinterlässt. Ich habe oft zwei oder drei Hunde gesehen, die nacheinander dieselbe Säule bespritzt haben, jeder von ihnen mit der Absicht, er möge der Letzte sein, der seine Karte oben drauf legt …

Dasselbe tut auch die Hündin. So zeigt sie ihre Gegenwart an, damit die Hunde des anderen Geschlechts sie finden, und gleichzeitig signalisiert sie, dass das markierte Gebiet ihr gehört. In der Zeit, in der sie nach einem Bräutigam verlangt, gerät ein vorbeikommender Rüde vollkommen aus dem Häuschen, sobald er ihre Botschaft gelesen hat. Er vergisst, wer er ist und wohin er gehen wollte, und das Einzige, was er weiß, ist, dass er sie sofort finden muss. Und er läuft auf der Stelle los, der Elende, und hinter ihm rennen noch andere Bräutigame, denn obwohl er ihre Botschaft mit seiner bedeckt hat, konnte er sie nicht auslöschen. Und wenn er die herrenlose Braut gefunden hat, kann er hoffen. Er wird natürlich im Kampf mit den anderen Federn lassen müssen, aber er könnte schließlich Glück haben und etwas bewerkstelligen.

Wenn er sie jedoch in einem Haus eingeschlossen findet, wird er vor der Tür bleiben, hin und her laufen, sich die Beine in den Bauch stehen und bitten. Tag und Nacht wird er warten und gehen und kommen, bis sie ihm mit ihrem Duft eine neue Botschaft schickt: »Die Zeit für eine Hochzeit ist vorbei! Hau ab!«

Dieses System mit den Liebesbotschaften wenden auch die Katzen an. Ich weiß nicht, wer bei wem abgeguckt hat. Die Kater jedoch mischen ihren Botschaften einen solch starken Duft bei, ein so fürchterliches Spray, dass sie damit alle Mitglieder einer Regierungspartei aus dem Parlament vertreiben könnten sowie auch die Vertreter der

Opposition, und selbst die Junta würden sie mit ihrem unerträglichen Spray umwerfen. Aber die Kater begnügen sich nicht damit sondern sie legen sich ins Zeug, indem sie langgezogene erotische Rufe ausstoßen. Diese sind es, die die weiblichen Tiere Hals über Kopf an die Türen und Fenster stürzen lassen mit dem Wunsch, hinauszulaufen, um sie zu treffen, bei jedem Wetter, – Doch auch ihre Schreie sind voller Leidenschaft. Wenn sich kein Kater zeigt, werden sie unruhig, und alle antiken Tragödien zusammen können nicht ihr Wehklagen ersetzen. Und die Kater, die dieses Schreien hören, werden laufen. Wo immer sie sich auch befinden. Ob nüchtern oder durchgefroren, sie werden alles andere für unwichtig erachten und kommen. Ich habe den schwer geprüften TOUTOU durchnässt im Winterregen herumlaufen sehen ohne seine Soldatenstiefel, mit ihn jagenden Hunden im Nacken, allein, um FANYS Einladung nachzukommen.

Das habe ich über ihre Düfte und Schreie zu sagen. Das Seltsamste ist jedoch, dass wir Menschen mit unseren umfassenden Kenntnissen nichts über die Sprache der Tiere wissen, während die Tiere, die bei uns leben und uns hören, sehr viele Wörter aus unserer Sprache kennen und verstehen. Vielleicht liegt das daran, dass die Tiere, wenn sie sich miteinander unterhalten, das nicht mit Sätzen tun, wobei wir bloß die Ohren zu spitzen brauchten, um sie zu verstehen. Sie sprechen leider telepathisch, das heißt, sie kommunizieren ständig mithilfe ihres Radars.

Sie werden sicher schon von den berühmten Radargeräten gehört haben, die die Tiere benutzen. Bei vielen treten die Antennen klar in Erscheinung wie bei den Insekten. Von den Katzen sagt man, dass ihre langen Brauen, die sie über den Augen haben, die Antennen ihres Radars sind.

Bei den Hunden konnte ich noch nicht entdecken, wo sie ihre Fühler haben, aber dass auch sie telepathische Fähigkeiten besitzen, darüber habe ich nicht den geringsten Zweifel. Wie oft habe ich versucht, einen Hund loszuwerden, indem ich ihn weit von unserem Haus entfernt abgesetzt habe. In wenigen Tagen war er wieder da. – Wenn jemand an der Existenz von Radar bei den Tieren zweifelt, sollte er sich nur an die weiten Reisen erinnern, die die Zugvögel, die Wasserschildkröten, die Brieftauben machen.

Inzwischen glaube ich daran, dass die Tiere nicht nur untereinander telepathisch kommunizieren, sondern dass sie auch unsere Gedanken über die Luft aufnehmen können. Denn jedes Mal, wenn ich beschließe, meinen weißen »ANGSTHASEN« anzubinden, überspringt er das Gehege und verschwindet, bevor ich ihm nahe komme. Und wenn ich denke: »Es ist Zeit, dass TOUTOU erscheint …«, sehe ich ihn kurze Zeit später draußen vor dem Küchenfenster sitzen, mit sorgfältig um den Körper gewundenem Schwanz.

Zu guter Letzt glaube ich auch noch, dass sie die Zeichensprache beherrschen und diese oft benutzen, um sich mit uns zu verständigen. In der Tat ist mir bisher kein Pferd begegnet, das mir Zeichen gegeben hätte, aber ich bin sicher, dass mir die Hunde manchmal zuzwinkern. Ich bin fest davon überzeugt, dass die Katzen abgesehen von ihrem bekannten »miau« und »murr«, mit denen sie sich an uns wenden, noch andere Verständigungsmöglichkeiten haben. Wenn eine meiner Katzen Hunger hat und ich sie fragend ansehe, indem ich so tue, als ob ich nicht wüsste, was sie will, beobachte ich immer, dass sie mir mit einem Auge zuzwinkert oder schnell mit der Zunge über das Schnäuzchen fährt. Diese beiden Zeichen kann sie auch schon mal gleichzeitig geben, und immer bedeuten sie: »Ich habe Hunger. Gibst du mir was?« Auch du kannst das bei deiner eigenen Katze beobachten. Du kannst ihr sogar in derselben Sprache antworten. Aber wie? Wenn du nichts für sie hast, wende dich gleichgültig ab. Wenn du aber im Begriffe bist, sie zu füttern, dann schließ für einen Augenblick zustimmend deine Augen. Das bedeutet »Ja«. – Du kannst ihr sogar dieselbe Frage durch Zeichen stellen, ganz nach Belieben, auf die gleiche Art, wie sie sie dir stellen würde: »Ich habe Hunger. Gibst du mir etwas?« Du wirst sehen, dass sie für einige Sekunden aus der Fassung gerät, wobei sie dich durchdringend ansieht. Wenn sie jedoch schlagfertig ist, wird sie dir sofort mit derselben Frage antworten: »Ich habe Hunger. Gibst du mir etwas?«

Alles, was ich hier sage, so verrückt es auch erscheinen mag, kannst du ganz einfach selber feststellen. – Aber dazu solltest du eine Katze nicht mit Gewalt festhalten. Sie würde mit ausgefahrenen Krallen versuchen, sich zu befreien, statt auf deine Zeichensprache zu achten, und sicher würde ihr in einem solchen Augenblick noch mehr einfallen, und sie würde voller Schrecken davonjagen. Es muss eine große Freundschaft zwischen euch geben. Sie muss dir vertrauen, wenn ihr miteinander kommunizieren wollt. Und wenn diese Freundschaft tatsächlich da ist und sie einmal neben dir liegt und glücklich schnurrt, dann wirst du nach kurzer Zeit erleben, wie sie ihre beiden Augen langsam schließt, um sie gleich darauf wieder zu öffnen und dich zärtlich anzusehen, wobei sie unmerklich die Pfötchen zusammendrückt. Das ist ihr allerschönstes Zeichen und bedeutet »Ich liebe dich …«

Vier Rassehunde

Von den vielen Hunden, die im Laufe der Zeit bei uns um Asyl baten, waren nur drei oder vier reinrassig. ROXY, dessen Telefonnummer wir glücklicherweise auf seinem Halsband fanden, so dass wir ihn schnell nach Hause schicken konnten; und ich sage glücklicherweise, weil er der Einzige war, der, nachdem er Wasser getrunken und gefressen hatte, Jagd auf die Katzen machte. Wir liefen alle schreiend hinter ihm her, treppauf und treppab, quer durchs Haus, um sie zu retten. Es war das einzige Mal, dass der stolze PARIS nicht einmal dazu kam, auch nur eine einzige Ohrfeige auszuteilen. Er purzelte regelrecht die Treppe hinunter.

Ein anderer Rassehund war ein wunderschöner schwarzer Griffon mit Glöckchen am Hals, aber ohne Namen und Telefon. Wir fütterten auch ihn und streichelten ihn, und nachdem wir gesehen hatten, wie einsam er war, sagten wir: »Lasst ihn uns behalten!« Und da die Kinder ihn immer wieder umarmten, stellte ich ihn in die Dusche und wusch ihn mit Shampoo. Hinterher nahmen wir ihn mit in den Garten, in die Sonne zum Trocknen. Und gerade, als wir so stolz darauf waren, was für einen wunderbaren Hund wir bekommen hatten, hielt draußen ein Auto. Ein Mann stieg heraus, und ohne uns eines Grußes zu würdigen, rief er, indem er die Autotür offen hielt: »Komm, LINDA! Wir fahren …« Und Linda war augenblicklich, schwupp, im Auto und auf der Straße, als wäre sie es gewohnt, am Wochenende solche Besuche zu machen, zu essen, zu schlafen, sich baden zu lassen und sich danach von ihrem Herrchen abholen zu lassen.

Der dritte Rassehund war ein wunderschöner Jagdhund, der sich heftig in unsere KARLOTTA verliebte und sich nicht daran erinnerte, in welcher Richtung sein Zuhause lag. Wir beherbergten ihn gastfreundlich eine Woche lang, dann musste er sich wohl erinnert haben, denn er verschwand sang- und klanglos.

In der Zeit, in der Karlotta läufig war, versammelten sich viele Rassehunde vor unserer Gartenpforte. Aber diese Hunde rechne ich nicht mit, weil sie nur wegen Karlotta kamen und nicht, weil sie um Asyl bitten wollten. Ich muss nicht betonen, dass Karlotta eine dürre, reizlose Hündin ist, die mein Mann KARAJORGIS ruft, ihre Liebhaber, die sich draußen versammeln, jedoch gewöhnlich allesamt Rassehunde sind, mit teuren Halsbändern und gewaschenem Fell, die verächtliche Blicke auf die Brotkanten werfen, die ich ihnen manchmal anbiete. Sie vermitteln mir den Eindruck von Herren mit goldenen Uhrketten und aus dem Munde hängenden Zigarren. Und indem sie ungeduldig hin und her gehen, stelle ich mir vor, sie würden nervös in ihre Autos ein- und wieder aussteigen, wobei sie fortwährend fragen: »Was wird nun werden? Wird sie herauskommen, oder sollen wir abfahren?«

Und als vierten erinnere ich mich an SCHEISSER. Diesen Namen gaben wir ihr im Nachhinein. Der Name, den wir ihr damals gegeben hatten, war wunderschön, ist aber mit der Zeit in Vergessenheit geraten. Sie war eine dicke Dalmatinerhündin. Du kennst sie, ganz weiß mit schwarzen Flecken. Unser Hund schleppte sie an und versteckte sie in seiner Hundehütte. Er wollte sich um nichts in der Welt wieder von ihr verabschieden. Wir sagten »Verschwinde!« zu ihr, mit dem Resultat, dass er ebenfalls verschwand. Am Ende gaben wir nach und erlaubten ihm, sie zu behalten. Aber dann, nach einiger Zeit, versuchten wir doch, schließlich ganz verzweifelt, für sie ein neues Zuhause zu finden, weil sie mit jedem Tag mehr fraß. Sie fraß und fraß. Alles, was sie fand, fraß sie. Das Futter für die Hunde, das Essen, das den Katzen zugedacht war, selbst den Hühnermist und was auch immer, sie fraß es. Glücklicherweise begannen meine Kollegen vom Chor, denen ich immer mal wieder einen Hund oder eine Katze aufgedrängt und geschenkt hatte, ihr Interesse anzumelden, sobald sie erfuhren, dass es sich um eine reinrassige Dalmatinerin handelte. Ihr Foto erregte ein solches Aufsehen, dass sich sogar der Maestro interessierte. »So einen schönen Hund verschenkst du?«, sagte er bewundernd.

»Ich nehme sie …« Sobald die anderen davon hörten, dass der Maestro sie haben wollte, traten sie zurück, flüsterten mir aber, jeder auf seine Art, ihre Vorbehalte ins Ohr: »Er hat keinen Garten. Wo soll er sie lassen?« Ein Maestro ist ein Maestro.

Ich brachte sie ihm ins Haus und betonte mit Nachdruck, welch großes Fresstalent sie darstellte und dass es gut sei, die Portionen ein wenig zu begrenzen. – Ich schwöre immer, dass ich sie ihm nie gegeben hätte, wenn ich von ihrem anderen Talent gewusst hätte. Doch davon erfuhr ich erst bei unserem nächsten Chortreffen.

»Was du mir da gegeben hast, ist keine Hündin! Es ist eine Scheiß-produktionsmaschine! Sie hat uns alles eingesaut! Teppiche, Fußböden, Treppen, Veranden! Nur unsere Betten hat sie verschont, weil sie ihr zu hoch waren.«

»Ich falle aus allen Wolken …«, stammelte ich. »Vielleicht hatte ich nicht solche Probleme, weil sie bei mir immer draußen war … Ich hatte mir nur zum Thema ‚Nahrungsaufnahme" Gedanken gemacht, weil ich wusste, dass sie übermäßig viel fraß …«

»Aber darum geht es ja gar nicht! Das andere ist das Furchtbare, das Unaussprechliche! Ich selbst gehe mit ihr Gassi. Und sie macht ein-, zwei-, dreimal ihr Häufchen, wann immer du sie dazu aufforderst. Die nächste Mahlzeit gibt es erst am nächsten Morgen. Aber sobald du wieder mit ihr in der Wohnung bist und bevor du deine Schuhe ausgezogen hast, siehst du sie schon wieder damit beschäftigt, dir ihr Erzeugnis zu servieren …«

Noch am selben Abend holte ich sie zu mir zurück. Auf dem gesamten Weg hupte ich und raste wie verrückt, weil ich befürchtete, dass sie auch mir ihre Künste vorführen würde. Schließlich schenkten wir sie dem Bekannten eines Bekannten, der ein Bauernhaus in Messenien hatte. Wir hörten nie wieder etwas von ihr …

Einige Meldungen gab es nach einiger Zeit von der dortigen Präfektur … aber ich glaube nicht …

Drei einzigartige Fälle

Alle herrenlosen Hunde, von denen ich dir bisher erzählt habe, lieben das Leben in der Gemeinschaft, zusammen mit ihren Artgenossen. Im folgenden Kapitel geht es nun um drei Einzelgänger und dazu einzigartige Persönlichkeiten.

Der LEICHENSPEZIALIST, ein kleiner, weißer Hund mit ängstlichem Blick, der uns immer wieder einen leblosen Tierkörper vor die Tür legte. Mal war es ein Katzenkörper, mal ein toter Vogel, mal ein erwürgtes Huhn, eine halb verspeiste Maus oder ein Stück Katzenkadaver. Wir schlugen ihn, wir drohten ihm, wir jagten ihn fort, er tat seine Arbeit. Er legte die Tierkörper des Nachts auf die Türschwelle, und morgens erwachten wir häufig von den Schreien desjenigen, der fast auf ihn getreten war. Und glaub nicht, dass er sich, nachdem er die Kadaver gebracht hatte, ängstlich verkroch. Alles andere! Er blieb unbeweglich daneben stehen wie eine Statue und wartete auf die Glückwünsche. Und in der Tat beglückwünschten wir ihn letztendlich nach unseren anfänglichen hysterischen Reaktionen, weil der Leichenspezialist gemeinnützige Arbeit anbot. Wenn alle diese Kadaver zwischen den trockenen Kräutern des benachbarten Waldes liegen blieben, würden die Fliegen und Wespen, die sie umschwirrten, schreckliche Krankheiten übertragen und vielleicht den Tod bringen.

Das Schlimme war, dass der Leichenspezialist seine Arbeit nicht allein zu Ende bringen konnte. Er wollte unsere Hilfe. Ich musste also entweder entsprechende Gräber ausheben oder die Kadaver zu einer Mülldeponie bringen. Oft verzweifelte ich und bat ihn, seine gesammelten Werke auch mal vor einer anderen Tür anzubieten, bis er eines Tages nicht wieder erschien.

Der KLEPTOMANE, ein schneller kleiner Draufgänger, hatte uns ebenfalls Probleme gemacht. Wie schaffte er es nur? Wo steckte er überall seine Nase hinein?

Ich weiß es nicht! Er apportierte uns alles, was für ihn erreichbar und zu transportieren war. Strümpfe, Schuhe, Handtücher, Kopfkissenbezüge, sogar einen kleinen Flokati brachte er uns eines Tages und ein anderes Mal ein Lammfell. Am häufigsten schleppte er uns gestohlene Pantoffeln an, aber immer nur einen. Ich erinnere mich, dass er mir einmal einen wunderschönen, goldbestickten Pumps vor die Füße legte. Ich bat ihn, noch einmal loszulaufen, um mir wenigstens auch den anderen zu bringen, aber er sah mich nur dumm an und rührte sich nicht von seinem Platz.

Was haben wir schließlich mit dem Diebesgut gemacht? Während einer kurzen Familienratssitzung versuchten wir herauszubekommen, welche Gegenstände in welches Haus gehörten, um dann heimlich mit der Verteilung zu beginnen. Heimlich, weil wir nicht wollten, dass die Nachbarn von der Kleptomanie erfuhren, da wir Angst hatten, dass, wann immer etwas verloren ging, sie unseren Hund verdächtigen würden. Auf diese Weise liefen wir immer noch Gefahr, die Dinge vor die falsche Tür zu legen, aber wir hofften, dass die Bestohlenen sich in dieser Sache selbst helfen würden und dann den Pantoffel, den sie in ihrem Briefkasten gefunden hatten, gegen das am Türknauf ihres Nachbarn hängende Lammfell austauschen würden, oder gegen die Strümpfe oder Kopfkissenbezüge, mit denen wir einige ausgewählte Bäume geschmückt hatten.

KARLOTTA oder KARAJORGIS, wie wir sie nannten, hängte sich an uns mit ihrem »So will ich es!«. Sie stand regungslos vor unserem Haus und sah von Weitem aus wie das abgemagerte Pferd von Don Quichotte. Der einzige Unterschied zu ihm bestand darin, dass sie zwei schwarze Ringe um die Augen hatte, als trüge sie eine Brille.

Sobald sie an dich herangekommen war, schlug sie ihre Zunge heraus wie eine Zimbel und gab damit ihre Absicht bekannt, dir die Hand zu lecken. Es nützte nichts, die Hände in der Tasche zu verstecken oder in die Höhe zu halten, irgendwann würde es ihr irgendwie gelingen. Es gab keinen Bekannten, Passanten, Freund, der nicht vor ihrer Leckerei zurückschreckte. Schließlich schlug uns jemand vor, sie zur Post zu schicken, damit sie dort Briefmarken aufkleben könnte.

Als sie das erste Mal in den Garten kam, lief ich mit einem Holzscheit hinter ihr her, um sie zu verjagen. Schlauer als alle anderen streckte sie sich, anstatt davonzulaufen und später wiederzukommen, in vollkommener Unterwürfigkeit am Boden aus, schloss die Augen und rührte sich nicht von der Stelle. Als weder lautes Rufen noch kräftiges Duschen halfen, ließ ich mich überzeugen. Ich hob sie auf und trug sie ins Auto. Dann fuhr ich ein Stück und setzte sie vor einer Taverne ab, die genügend Essensreste anbot. Noch bevor es Nacht geworden war, traf ich sie wieder im Garten an. Ich gab ihr zu fressen, zusammen mit den anderen Hunden, aber ich war fest entschlossen, sie fortzuschicken. So trug ich sie spät in der Nacht noch einmal zum Auto, fuhr etliche Kilometer und ließ sie dann aussteigen.

Sie frühstückte mit den anderen zusammen, und sobald sie mich sah, sprang ihre Zunge mit einem »klock« heraus, und während sie triumphierend mit dem Schwanz wedelte, fraß sie weiter.

Ich konnte es nicht ertragen, auf diese Art und Weise von einer Hündin besiegt zu werden, und dazu noch von einer so schwachen und hässlichen. Ich steckte sie wieder ins Auto, das heißt, das brauchte ich gar nicht. Sie sprang ganz allein hinein, sobald sich die Tür geöffnet hatte. Die Spazierfahrt machte ihr nämlich inzwischen Spaß. Sie saß aufrecht auf dem Rücksitz wie eine Dame aus der feinen Gesellschaft, und ich vorn war ihr Chauffeur. Sie verfolgte mit den Augen den Verkehr und klappte immer wieder fröhlich ihre Zimbel heraus.

Ich wollte sie vor einer Schlachterei herauslassen, wo ich ständig verschiedene herrenlose Hunde liegen sah. Von dort aus zurückzulaufen hielt ich für unmöglich. Ich würde sie also an dieser weit entfernten Stelle absetzen auf meinem Weg zur Chorprobe. Sie schien sich überhaupt nicht zu beunruhigen. Überglücklich genoss sie die Fahrt, und es fehlte nur noch, dass sie mir Anweisungen gab wie: »Biege hier ab oder halte dort mal kurz an …« Und ich fragte mich: »Hat sie denn gar keine Intuition? Zum Teufel, schöpft sie denn überhaupt keinen Verdacht, dass ich sie aussetzen will?«

Sobald wir unser Ziel erreicht hatten, hielt ich an. Ich öffnete ihr die Tür. Sie sprang heraus und wartete, dass ich dasselbe tun würde. Ich machte mich jedoch schnell wieder auf den Weg, ohne sie noch einmal anzusehen. Erst als ich einen Blick in den Spiegel warf, sah ich, wie sie voller Zuversicht hinter mir herlief, um mich einzuholen. Mich packte die Verzweiflung. Ich trat aufs Gaspedal, und sie, jetzt mit aufgestellten Ohren, warf noch schneller ihre mageren Beine von sich, um mich zu erreichen. Das war allerdings unmöglich. Als es bergauf ging, musste sie sich besiegen lassen. »Was habe ich nur gemacht, mein Gott?«, rief ich in meinem Schmerz und fühlte, dass mir die Tränen über die Backen liefen.

Ein Stückchen weiter hielt ich den Wagen an und wartete. Ich konnte nicht mehr weiterfahren. Meine angespannten Nerven entfesselten einen Strom von Tränen. Ich wollte jedoch nicht zurückfahren, um sie wieder aufzunehmen. »Es kann doch nicht sein, dass die Tiere so über mich und mein Leben bestimmen!«, schimpfte ich mit mir selbst. Ich blickte noch einmal in den Spiegel. Wenn ich sie kommen sähe, würde ich sie sicher wieder einsteigen lassen. Die Straße blieb jedoch leer. Ich startete mit fröstelndem Herzen, weil ich mich verspätet hatte und nicht länger warten durfte. Während der gesamten Fahrt und in allen darauf folgenden Stunden stritten unablässig verschiedene Stimmen in mir: »Es hat sie ein Auto angefahren. – Nein, es wird sie jemand anderes aufgelesen haben. – Sie ist mit ihren schwachen Beinen hinter mir hergelaufen, um mich einzuholen, und ich brauchte nur auf das Gaspedal zu treten, um sie abzuhängen. – Es könnte ja sein, dass sie Glück hat und sie jemand aufliest. – Ist sie nicht viel zu hässlich? Selbst die Farbe …!«

Als ich am Abend nach Hause zurückkehrte und mich dem Ort näherte, an dem ich sie ausgesetzt hatte, verminderte ich die Geschwindigkeit. Mein Magen verkrampfte sich vor lauter Gewissensbissen.

Ich dachte, dass mich diese Straße für jetzt und alle Zeiten an meine niederträchtigste Tat erinnern würde ... Und da sah ich sie ...

Sie stand am Rande des Bürgersteigs und wartete, unbewegt wie eine alte, schwache Frau, die an der Haltestelle auf den Bus wartet. Ich hielt automatisch neben ihr, öffnete schnell die hintere Tür.

»Guten Abend. Ich bin doch nicht zu spät, oder?« Sie machte »klock« mit ihrer Zunge, und ohne weitere besondere Gunstbezeugungen nahm sie ihren gewohnten Platz auf dem Rücksitz ein. Ich fuhr los und versuchte, die Erleichterung, die ich spürte, zu verbergen. Ich wollte einfach nicht wahrhaben, dass sie mich schon wieder besiegt hatte. Ich musste sie unablässig durch den Spiegel ansehen. Sie genoss die Fahrt. Die Bewegung machte sie benommen, und einmal, als ich eine laute Kreuzung überquerte, drückte sie mir einen begeisterten Kuss auf den Nacken.

Fortan lebte Karlotta bei uns. Wie ein Schwanz hinter mir hängend, gelang es ihr, im Hof die Respektsperson zu werden. Sie besitzt auch die Freiheit, im Hause aus und ein zu gehen. Sie betet jeden an, der uns besucht, auch wenn es ein Einbrecher ist. In ihrer geselligen Art empfängt sie als Erste die Gäste an der Tür, indem sie ihnen bereitwillig und freundlich ihre Zunge zeigt: »Was, Sie wollen nicht? Einmal Lecken wird Ihnen gut tun ...«

Und ich möchte hier nicht unterschlagen, dass sie trotz ihrer Hässlichkeit einen Hund mit Stammbaum heiratete, der ein Schmuckhalsband trug; und sie bekam auch ein Kind von ihm, das sie ebenfalls mit ins Haus brachte.

Oft, wenn ich sie selbstvergessen mit ihrem Kind im Garten spielen sehe, denke ich, dass sie sehr glücklich sein muss und dass sie sich dieses Glück selbst erkämpft hat in einem schwierigen Kampf ohne Waffen.

Paris und Jane

In der Zeit, in der das Haus auf dem Lande gebaut wurde, übernahm ich selbst in Ermangelung weiterer finanzieller Mittel die Rolle des Architekten, des Bauingenieurs, des Unternehmers und oft auch des Maurers und seines Gehilfen.

Ich hatte einen kleinen Schuppen, den es im Garten gab, zum Stützpunkt aller meiner tollkühnen Glanzleistungen gemacht, und ich breitete meine strategischen Skizzen auf einem Tisch aus und studierte die Pläne des Hauses mit den Änderungen seiner Änderungen jeden Tag, und ich unterschrieb unablässig Schuldscheine, die, wenn ich sie nicht jedes Mal, nachdem ich sie bezahlt hatte, zerrissen hätte, ich heute mit ihnen eine ganze Wand tapezieren könnte. Schließlich wohnte Paris während dieser verrückten Schaffensperiode eingeschlossen im Apartment, und ich ging täglich zu ihm mit Haaren voller Baustaub, Kalk und Mörtel und einem Strauß eilig abgeschnittener Wildblumen in den Armen, damit er sich schon einmal an dem üppigen Grün aus dem Lande der Verheißung weiden konnte.

Eines Tages fand ich auf meinem Arbeitstisch außer den Plänen und einigen aufgeblasenen Rechnungen der Meister auch ein paar Sesamkörner hingestreut.

Am Anfang sagte ich nichts, aber die Sache wiederholte sich.

»Wer isst denn immer seinen Sesamkringel hier drinnen?«, fragte ich schließlich die Meister. Alle zuckten Unwissen ausdrückend mit den Schultern, oder sie sahen mich argwöhnisch an, weil ich ihnen wegen Sesamkringeln eine Szene machte. »Kriegen wir denn am Ende der Woche unser Geld?«, fragte mich einer von ihnen, der sich immer leicht verunsichern ließ. »Ihr bekommt es, aber sagt mir, wer mir zum Spaß Sesam in mein Büro streut.«

Schließlich, nachdem ich immer wieder beharrlich nach dem Sesamstreuer gefragt hatte, konnte es ein alter Putzer nicht mehr aushalten. Meiner dauernden Fragerei überdrüssig, warf er seine Kelle in den Schlamm, und während er in höchster Erregung mit einem Lappen seine Hände abwischte, sagte er drohend zu mir: »Wo sind sie, Baby? Komm, zeig sie mir!«

Wir betraten zusammen das kleine Büro. »Da, was ist das? – Trüffel?«, fragte ich ihn jetzt, gerade unsicher geworden, weil sie in diesem Augenblick keineswegs wie Sesamkörner aussahen. Sie erinnerten mehr an die Überreste von Trüffeln.

»Baby, wegen dieser Krümel hier plärrst du uns ständig die Ohren voll, Sesam und immer wieder Sesam!? Mäusekot ist das! Na, dann alles Gute!« Und damit wandte er sich laut lachend wieder dem Rohbau zu, um den anderen von meinem Unglück zu erzählen, während ich mich ziemlich fassungslos an seine Fersen heftete, weil ich mir in dieser unerwarteten Situation eine Lösung von ihm erhoffte.

Nachdem sie alle ausgiebig über mich gelacht hatten, während ich wie blöd unter dem Gerüst stand und ihnen zuhörte, weil ich Angst hatte, wieder in mein von Mäusen besetztes Büro zurückzukehren, begannen sie damit, mir Lösungen vorzuschlagen:

»Nimm doch Mausefallen.« »Geh in eine Apotheke und kauf Mäusegift.«

Doch die beste Lösung brachte in einem Sack der Dachdecker. Er trug sie zusammen mit einer Ladung alter Dachziegel, die farblich so gut zu ihr passten, dass die anderen ihn neckten: »Du hast die Ziegel wohl von einem anderen Haus abgeräumt und die Katze hat oben drauf gesessen?« Der Dachdecker aber wechselte etwas verärgert das Thema und sagte, er habe sie in den Sack gesteckt, weil er gehört habe, dass es ihnen nur so unmöglich sei, den Weg in die alte Heimat zurückzufinden. – Ich habe das nie geglaubt. Wenn die Katzen zurückkehren wollen, kehren sie zurück. Es sei denn, sie finden etwas Besseres oder es stößt ihnen etwas zu.

Es war also eine bunt gescheckte, wild lebende Katze, die jetzt in schrecklicher Angst aus dem Sack herausschoss und sich hinter einigen mit Kacheln gefüllten Kartons versteckte. Anscheinend beschloss sie, sich von dort nicht mehr fortzubewegen, geschweige denn zurückzulaufen. Erstens, weil sie trotz ihrer Wildheit durchaus dazu in der Lage war, die Umstände einzuschätzen, wenn auch nur mit einem Auge, das verstohlen hinter den Kartons auftauchte und uns ansah.

Und zweitens, weil sie mittels ihres Radars schon Hinweise auf das uns umzingelnde Mäuseheer bekommen hatte, das verrückte Jagdgefühle in ihr entfesselte. Und so blieb sie. Und sie sollte die erste Hofkatze werden, aber auch die erste und letzte erotische Eroberung von Paris.

Ich nannte sie Jane, und in wenigen Tagen hatte sie auch die letzte Spur von Mäusen ausgelöscht, und ich hatte sie gezähmt. Sie war eine sehr zärtliche, sich gern zierende und unvorstellbar weibliche Katze geworden.

Mit Paris traf sie etwa ein Jahr später zusammen, im Garten, nachdem er sich gerade im neu erbauten Haus eingerichtet hatte. Sie lebte zu der Zeit schon als Pionierin auf dem Hof und dem Brenner. – In der Tat tauschten sie am Anfang argwöhnische Blicke aus und ließen die Schwänze hin und her gehen, aber so nach und nach gewöhnten sie sich aneinander, und es folgten freundschaftliche Begrüßungen Nase an Nase wie bei den Eskimos.

Paris war damals jung und wohl gebaut. Mit seiner samtig glänzenden schwarzen Weste und den dunklen engen Hosen stolzierte er einher wie der erste Tänzer einer Balletttruppe. Sie sah ihn und erbebte. Sie streckte sich herausfordernd vor ihm aus und tat alles Erdenkliche, um ihn zu reizen. Offensichtlich bezaubert von ihrer einmaligen Schönheit strich er wie ein junger spanischer Matador um sie herum, und ich bekam Herzklopfen. »Wie lange wird er ihr noch etwas vormachen?«, fragte ich mich, wohl wissend, dass es keine Hoffnung gab, dass etwas zwischen ihnen geschah. »Wie lange wird sie noch auf ihn warten? In Kürze wird sie damit anfangen, nach einem Mann zu schreien.«

Es dauerte nicht lange, bis sie mit jedem neuen Tag herausfordernder vor ihm stand. Auch bewegte sich ihr Schwanz inzwischen heftiger hin und her, nervös, ungeduldig. Und ich sah, wie er irgendwann seine Pfote ausstreckte, um mit diesem Schwanz zu spielen, aus Verlegenheit, als wäre es ein lebloses Seil. – Das habe ich gesehen. Was aber sonst noch vorgefallen ist, weiß ich nicht. Auf jeden Fall brach irgendwann von einem Tag auf den anderen ein abgrundtiefer Hass zwischen ihnen aus. Wo immer er sie traf, stürzte er sich wie von Sinnen mit Schreien entsetzlicher Wut auf sie, um sie zu zerreißen. Und sie raste von Panik ergriffen davon, um sich zu retten, wobei all ihre Koketterien und Posen der Herausforderung zum Teufel gingen.

Die einzige Erklärung für seine wilde Wut sah ich in seiner Gleichgültigkeit gegenüber ihren weiblichen Vorzügen. Seine nicht vorhandene Männlichkeit beleidigte sie derart, dass sie darauf mit handfesten Schimpfkanonaden reagierte und er mit seinem Egoismus und Stolz ihr das nicht verzieh.

Jedes Mal, wenn er sich auf sie stürzte, hatten wir Angst, sie nicht lebend aus seinen Fängen befreien zu können, bis wir uns schließlich genötigt sahen, sie in ein befreundetes Haus nach Nauplia zu schicken. Glücklicherweise liebten die Herrschaften und Katzen sie dort, so dass sie bleiben konnte.

Seither vermeidet es Paris, mit weiblichen Katzen Freundschaften zu schließen. Sichtlich angeekelt geht er schnell an ihnen vorbei, während er einen leisen Fluch zwischen den Zähnen hervorpresst.

Sein Verhältnis zu FANY ist das eines Herrn zu einer Bediensteten. Und sie akzeptiert diese Art von Beziehung in Furcht und Verehrung, wobei sie ihr feines und aristokratisches Wesen beibehält. Niemals hat sie es gewagt, sich auf sein Kissen zu setzen; und wenn sie sich einmal dort sonnen will, wo er sich sonnt, so versucht sie doch keinesfalls, ihm den Platz streitig zu machen.

Nur mit NINIKO verträgt sich Paris, na sagen wir, gut. Aber wer kommt mit Nini nicht gut aus? Auch trägt Niniko dasselbe Los.

Sächlich. »Die beiden alten Herren«, sagen die Kinder, wenn sie sie nebeneinander auf dem Teppich liegen sehen, notgedrungen nahe beieinander auf einem schmalen Sonnenfleck, allerdings mit einander zugekehrten Rücken.

Kater oder Katze

Du brauchst eine Katze nicht umzudrehen, wenn du wissen willst, ob sie männlich oder weiblich ist. Du siehst es auf den ersten Blick, selbst wenn es sich um eine herrenlose Katze handelt, der du zufällig auf der Straße begegnest. Woran aber erkennst du es?

Der Kater hat immer ein dickes Gesicht und einen dicken Kopf. Viele haben ein zerfetztes Ohr, weil sie oft die rivalisierenden Liebhaber spielen und sich gleich zu Beginn ihrer Duelle gegenseitig beißen. Der herrenlose Kater hat auch ein von den vielen Strapazen sehr müdes Gesicht, während die herrenlose Katze viel optimistischer aussieht. Als Frau verfügt sie über eine erheblich bessere psychische Konstitution und kommt mithilfe ihrer Schlauheit besser durchs Leben. Der Kater zerbricht schneller und lässt sich leichter von seinem Vorhaben abbringen. Die Katze zerbricht deine Nerven, gibt aber niemals auf. Mit Geduld und Beharrlichkeit gelingt es ihr, immer das zu tun, was sie will. Und schließlich hängt unter dem Schwanz eines jeden Katers gut sichtbar ein flaumbedecktes Glöckchen, das bei jedem Schritt lautlos hin- und hergeht und auf das er sehr stolz ist.

Auch an den Farben kann man ihr Geschlecht feststellen. Einfarbig können beide sein, sowie auch getigert. Zwei Farben haben gewöhnlich die Kater. Dreifarbig aber sind immer nur die Katzen. Das ist eine alte Regel, die fast alle Tierfreunde kennen und die auch ich viele Male bestätigt fand.

Neulich traf ich jedoch in all dem Durcheinander bezüglich der menschlichen Kleidung und deren Charakteristika auf der Straße einen Kater mit drei Farben …

Anleitung für dein Verhalten
in gefährlichen Situationen

Wenn du dich einmal plötzlich mit einem Hund konfrontiert siehst, der schlechte Manieren hat, darfst du ihm auf keinen Fall den Rücken zukehren und anfangen zu laufen, denn das bedeutet für ihn ebenfalls: »Lauf, fass ihn oder sie!« Und für jeden Hund, der etwas auf sich hält, wird es eine Selbstverständlichkeit sein, hinter dir herzurasen und dich zu packen, so gut er es eben kann.

Du darfst also erstens nicht weglaufen, und zweitens musst du unbedingt deine Angst herunterschlucken. Wenn du Angst hast, strömst du einen für uns Menschen nicht spürbaren Geruch aus, den jedoch die furchtbaren Nüstern der Hunde sofort wahrnehmen, als Beweis für unsere Schuld ansehen und als das Signal zum Angriff.

Die einzige Möglichkeit, einen wütenden Hund daran zu hindern, dich umzuwerfen, besteht darin, auf jeden Fall einen kühlen Kopf zu bewahren. Und wenn deine Stimme auch noch so zittert, du musst sie stabilisieren und sie freundschaftlich und bestimmt zugleich klingen lassen, indem du sagst: »Komm her! Komm, komm! Nun komm …!« Wenn du so in dieser vertrauten Weise mit ihm sprichst und dabei langsam in die Knie gehst, wobei du ihm ständig fest in die Augen siehst, dich schließlich hinhockst und ruhig mit einer Hand auf den Boden schlägst, indem du ihm befiehlst: »Setz dich, setz dich hin…!«, dann wird der Hund von seinem Angriff Abstand nehmen. Für den Fall, dass er sich nicht gehorsam niedersetzt, wird er sich wenigstens von dir entfernen. Außer du gerätst in die Fänge eines zum Morden abgerichteten Hundes. Eine derart gefährliche Begegnung kommt allerdings selten vor, weil ein solcher Hund nicht herrenlos herumläuft und schon gar nicht darauf abgerichtet ist, sich auf Passanten zu stürzen, sondern auf die Menschen, die ungebeten in ihr Terrain eindringen.

Solltest du aber doch einmal ungeladen und nächtlicherweise das Areal eines abgerichteten Hundes betreten, nun, für diesen Fall solltest du … Leider gibt es dafür keine Anleitung. Erfahrungsgemäß erübrigt sich jeder Ratschlag. Außer wenn du vollkommen unbeweglich bleibst und im Augenblick des Angriffs damit beginnst, fürchterliche Schreie auszustoßen wie ein indianischer Apatsche. Du darfst dann hoffen, dass sich zweierlei ereignen könnte: Entweder hört man dich und eilt zu deiner Rettung herbei oder der Hund sucht vor lauter Schreck das Weite.

Von Angesicht zu Angesicht
mit einem großen Hund

Und dennoch habe ich selber die Dummheit begangen, mich mit einem Schäferhund auf seinem Terrain zu konfrontieren. Ich war kurz entschlossen zu einem Nachbarn hinübergegangen, und da ich die Gartenpforte unverschlossen vorgefunden hatte, hatte ich es nicht für nötig befunden, den Klingelknopf zu betätigen, sondern ich hatte unverzüglich die Pforte geöffnet und war schnell eingetreten.

Der Garten riesengroß. Das Haus ganz am Ende, und plötzlich hinter mir ein Schäferhund, außer sich, weil er mich nicht vom ersten Augenblick an wahrgenommen hatte.

Sobald ich ihn sah, verlor ich die Fassung. Ich saß in der Falle. Es gab keine Hoffnung, dass man mich von dem noch weit entfernten Haus hören würde, zumal auch seine Fenster geschlossen waren. Ich erstarrte vollends, aber gleichzeitig war mir bewusst, dass er nichts von meiner Angst erfahren durfte. Trotz meiner weichen Knie musste ich funktionieren. Mit einer mir fremden Stimme sagte ich ruhig und klar:

»Guten Tag, guten Tag ... Wer bist du, mein Lieber?« Ich stellte fest, dass dieser fast blöde, zärtliche Ton in meiner Stimme ihn etwas bremste, und ich merkte, dass in seinem wütenden Gebell winzig kleine Pausen entstanden. Sicher war er immer noch beleidigt, aber nun in einem weicheren Ton. Und schließlich blieb er stehen und sagte mir seine Meinung aus zwei Metern Entfernung. So weit, so gut, dachte ich, aber weiter in den Garten hineinzugehen war unmöglich. Ihm den Rücken zuzukehren und zu verschwinden hielt ich für Selbstmord. Doch wie viele »Guten Tag« und »Wie heißt du?« sollte ich ihm noch sagen?

Während ich ihn unablässig lächelnd ansah, ging ich langsam in die Hocke und legte die eine Hand auf den Boden. »Setz dich, komm und setz dich …«, sagte ich in vollkommener Vertrautheit zu ihm. Er hörte auf zu bellen. Er sah mich fragend an. Für einen Augenblick öffneten und schlossen sich seine Nüstern, und er fing damit an, sich mit äußerster Vorsicht auf mich zuzubewegen. Ich begriff, dass dieses der schwierigste Augenblick war. Ich spürte seine feuchte Schnauze neben mir, wie er prüfend an mir schnupperte, während meine Stimme vor Süßigkeit triefte, als ich ständig wiederholend sagte: »Setz dich, mein Süßer. Komm, setz dich hin …« Selbstverständlich schlug meine Hand dabei immer weiter symbolhaft auf den Boden. Und gleichzeitig zwang ich mich dazu, keine Angst zu haben.

Nachdem er noch ein-, zweimal geschnuppert hatte, zog er sich friedlich zurück. Das ermutigte mich. Ich begann, noch vertrauter mit ihm zu sprechen, als wäre er mein Hund: »Setz dich, Bursche! Habe ich dir nicht gesagt, du sollst dich hinsetzen?« Ich wollte meinem Sieg noch die Krone aufsetzen. Er sollte sich hinlegen wie ein Lamm, und ich wollte ihn hinter den Ohren kraulen.

Er warf mir einen Blick voller Verachtung zu. Ich werde es nie vergessen. Er schien zu sagen: »Warum gehst du nicht dahin, woher du gekommen bist? Genügt es dir nicht, dass ich dich nicht in Stücke zerrissen habe? Soll ich dir jetzt auch noch kleine Gefälligkeiten erweisen?« Damit entfernte er sich gleichgültig.

Als ich triumphierend am Haus ankam, erzählte ich ihnen, was ich mit ihrem Hund durchgemacht hatte. Meine Nachbarn sahen mich lächelnd an: »Komm, du Allerärmste. Du hast dich vergebens gefürchtet. Unser Hündchen beißt nicht.«

Der Besucher Toutou

FANY habe ich nicht sterilisieren lassen. Ich habe mich daran gewöhnt, ihr empfängnisverhütende Pillen zu geben, einmal die Woche; und damit ist es mir gelungen, Geburten in größerer Anzahl zu verhindern. Aber manchmal vergesse ich auch, ihr die Pille zu geben. Oder sie versteckt sie unter ihrer Zunge und spuckt sie aus, sobald ich weggegangen bin. Und während ich mich so ins Zeug lege, schleppt sie mir plötzlich ein dickes kleines Kätzchen an. Glücklicherweise gewöhnlich nur eins, und das verdanke ich vielleicht den Antibabypillen, denn wer weiß, wie viele Fünflinge sie mir von Fall zu Fall angefertigt hätte.

Bei ihrer letzten geheimen Niederkunft hatte sie uns eine graue getigerte Tochter vorgesetzt, ähnlich im Fell wie deren Vater TOUTOU. In ihrer Begeisterung kümmerte sich die glückliche Mutter in vollendeter Form um ihr Kind. Es war immer wohl genährt und frisch gewaschen. Sie hat ihr das Fell fast zu Locken gedreht beim vielen Putzen, und sie schmiedete die großartigsten Pläne für die Zukunft ihrer Tochter. Sie wollte sie unter den bestmöglichen Bedingungen aufziehen, weshalb sie sie immer wieder im Genick packte und wie eine Handgranate durchs Haus trug, in Marschrichtung unserer Betten.

Es gab einen Riesenaufstand, als wir sie zum Brenner zurücktrugen. Die Hunde bellten, ich schimpfte, Fany wehklagte, und ihr Kind wimmerte. Und das geschah unzählige Male. Und als sie sich endgültig aus unseren Betten vertrieben wusste, fand sie in ihrer Verzweiflung noch mehr unmögliche Plätze, wo sie ihre Handgranate verstecken wollte. Bis sie zum Schluss vergaß, wohin sie sie gebracht hatte, und dann wie von Sinnen in ihrem Schmerz umherirrte, bis sie sie wieder gefunden hatte. – Verzweiflung. Da bist du drauf und dran, sie über den Zaun zu werfen. – Erst als ihre Tochter anfing zu laufen, beruhigten wir uns, denn von diesem Zeitpunkt an stürzte sich Fany Hals über Kopf in ihre Erziehung.

Den ganzen Tag über waren sie im Garten. »Sieh mal, so schlägt und beißt man, so klettert man auf einen Baum, und so vergräbt man seine Kacke, denn wenn die Menschen sie finden, reiben sie sie uns vielleicht unter die Nase …« Sie sprach über alle und alles, und zwar unermüdlich mit dem bewundernswerten Eifer einer Mutter und Lehrerin, und natürlich mit der entsprechenden Miene.

Schließlich, eines Tages – vielleicht hat sie ihn auch gerufen – kam ganz plötzlich ein unerwarteter Besucher, um seine Tochter zu sehen, Toutou.

Ich war überwältigt, als ich die drei dicht beieinander im Hof entdeckte. Ich beeilte mich, Karlotta an die Leine zu nehmen, damit sie sich nicht auf ihn stürzen konnte. Ich glaube, ich war gerührt. Also auch unter den Katern bekannten sich einige zu ihrer Vaterschaft, dachte ich. Fany saß still da, mit halb geschlossenen Augen, glücklich, dass er gekommen war, um seine Tochter zu sehen. In der Tat stellte sie sie ihm vor, weil sie seine Tochter war. Wenn es ein Sohn gewesen wäre, hätte sie ihn versteckt und den Vater verjagt, mit blitzschnellen Ohrfeigen. Denn in einem solchen Fall könnte der Besuch mit Kindsmord enden, da die Natur nun einmal bestimmt hat, dass das männliche Katzentier seinen künftigen Rivalen rechtzeitig aus dem Wege schafft.

Jener schien immer wieder nervös an seiner imaginären Krawatte zu rücken, die er für diese Gelegenheit umgebunden hatte, während er abwechselnd KARLOTTA ansah, die ihn ihrerseits mit ihren Augen fixierte, oder aber die Begrenzungsmauer, über die er, wenn es nötig wäre, fliehen könnte.

Seine Tochter, die von ihrer Mutter gut angeleitet war, hatte damit begonnen, ihm alles zu zeigen, was sie während ihrer Ausbildung gelernt hatte. So packte sie seinen Schwanz mal mit den Zähnen und mal mit den Krallen und machte ihn damit ganz verrückt, den Ärmsten. Fany beruhigte ihn jedoch, indem sie glücklich schnurrte. Aber wie die Dinge lagen, fühlte er sich überhaupt nicht wohl. Karlottas Blicke und meine Person daneben, die sie während der ganzen Zeit mit Gewalt an der kurzen Leine hielt und ihr immer wieder zuzischelte: »Wage es nicht! Setz dich, Elende! Wehe, du wagst es …!«, irritierten ihn. Meine Zischeleien machten ihn wütend, mehr noch als mein Schreien es gewöhnlich tat. Das war ihm nämlich vertraut, weshalb er sich nichts mehr daraus machte. Jetzt reichte es ihm. Das alles hatte ihn zermürbt. Mit schläfriger Miene gab er zu verstehen: »Also, ich gehe jetzt.« Und dann begann er damit, sich scheinbar gleichgültig und diskret mit einigen kunstvollen Bewegungen, die immer schneller wurden, auf die Mauer zuzubewegen. Und zum Schluss, da er es in dieser Prüfungssituation nicht mehr aushielt, schoss er davon, indem er so etwas wie »Heilige Maria Mutter Gottes!« rief, worauf Karlotta mir plötzlich entwischte, außer sich vor Wut, und hinter ihm herstürzte, um ihn einzuholen.

Worin lag dieser Hass begründet, den Karlotta Toutou gegenüber hegte, während sie im Allgemeinen alle anderen Katzen liebte? In einem Missverständnis?

Oder besser gesagt in einem ihrer Unglücksfälle? Ich war damals dabei und habe es mit ihr durchlitten.

Es war eine kleine Begebenheit, die ich nahezu vergessen habe, an die sich Karlotta jedoch sehr gut erinnert und dabei äußerst beleidigt dreinschaut. Sie kann es sich nicht verzeihen, dass sie sich trotz ihrer Schlauheit von einem halb blinden Kater hat hereinlegen lassen.

Zu dieser Zeit hatten wir von Toutous Existenz noch nicht die geringste Ahnung. Er hatte sich noch nicht als Bräutigam im Haus gezeigt. – Bis ich eines Abends NINIKO sah. – Ich erinnere mich, dass ich in den Hof hinausgegangen war, um dort einige Kleidungsstücke zum Trocknen aufzuhängen. Dabei war mein Blick auf die am Boden liegende Karlotta gefallen, die mich glückselig ansah. Neben ihr stand Fany, und ein wenig abseits saß Niniko. – Das nahm ich jedenfalls an, denn sein Fell glich dem unseres Engels Niniko vollkommen. – Er saß dort unbeweglich und beobachtete Fany.

Ich hängte also in aller Ruhe die Wäsche auf, wobei ich leise vor mich hin sang und alle drei im Auge behielt. »Mein kleiner Niniko, kleiner dicker Ball ...« Karlotta wedelte leicht mit dem Schwanz, hingerissen von dem zärtlichen Ton in meiner Stimme. Dann sprach ich noch weiter mit ihnen: »Was gibt es, Frau Fany? Auf welchen Bräutigam wartest du, er möge kommen, dass du ihn umgarnen kannst? Und du, Niniko, was sitzt du dort und bändelst mit ihr an? Hast du beschlossen, drittes Rad am Wagen zu sein? Komm lieber herein. Es ist ja auch kalt.« – Keine Reaktion von Niniko. Er verharrte bewegungslos an seinem Platz, als hörte er mich überhaupt nicht. »He, mein guter Engel, warum spielst du die taube Alte?« Und ich ging lachend auf ihn zu, um ihn in die Arme zu nehmen. In diesem Augenblick sprang er auf. Unsicher warf er mir einen Blick zu. Mein Gott, was war das für ein kalter Blick! Er sah mich an, ohne mich zu sehen. Er starrte an mir vorbei, als stünde jemand neben mir, der ihm hinter meinem Rücken bedrohliche Handzeichen machte.

Einen Moment lang war ich wie versteinert. »Was ist mit dir?«, rief ich, damit er zu sich kam. Karlotta war durch meine Stimme unruhig geworden und stand auf. Wir gingen beide auf Niniko zu. Er sprang voller Angst auf und fauchte sie heftig an, um ihr den Schwung zu nehmen. Dabei wollte sie nur wissen, was ihrem Schützling zugestoßen sein konnte, denn sie hatte Nino buchstäblich an ihrem Bauch großgezogen und ihn im Garten überall herumgeschleppt. Aber jetzt? Nein, das war nicht Nini!

Wir begriffen es beide im selben Augenblick, nur mit dem Unterschied, dass ich mich sofort beruhigte, da ich erkannte, dass er ein gemeiner Getigerter war auf der Suche nach einer Braut, während Karlotta einen Schock erlitt. Sie tat einen Schritt nach vorn, um ihn zu packen, und gleichzeitig jaulte sie fürchterlich und sprang entsetzt zwei Schritte zurück, weil sie ihm nichts antun mochte, dem Nini, der nicht Nini war und es doch war ...

»Lass ihn, er ist nur ein kleines Katerchen!«, rief ich ihr zu. »Ein kleiner Toutou, ein kleiner Toutou!« Ein kleiner Toutou, der sich noch als großer Toutou erweisen sollte.

Schließlich fand der kleine Toutou in all diesem Durcheinander die Gelegenheit, davon zu düsen, wonach Karlotta erleichtert Luft holte. Von nun an hasste sie ihn. Wenn sie ihn nur von Weitem schreien hörte, lief ein Schauer durch ihren Körper, und sie blieb witternd stehen.

Das Drama ist, dass, wenn Nini unbeschwert und sorglos seinen kleinen Spaziergang durch den Garten macht, sie in ihrer großen Wut über ihn herfällt in der Annahme, dass es diesmal nicht Nini ist, sondern sie endlich Toutou erwischt hat. Und der arme Kerl, das Engelchen, stirbt fast vor Angst, auch wenn er ihren Zähnen heil entkommen kann und sie sich hinterher tausendmal für ihr Versehen bei ihm entschuldigt.

So geht es mit ihrem Hass immer weiter, und Niniko hat seine Konsequenzen daraus gezogen. Sobald er Toutou in der Atmosphäre wittert, läuft er irgendwohin, um sich zu verstecken, damit sie ihn nicht wieder verwechselt und er zwischen ihren Zähnen landet.

Schönheitswettbewerb

Eine Illustrierte hatte so etwas wie einen Schönheitswettbewerb für Hunde ausgeschrieben. Das heißt, wer immer es wollte, konnte ein Foto von seinem Hund zusammen mit einigen Notizen über dessen Abstammung, Gewohnheiten und Vorlieben an den Verlag schicken. Die Leser sollten die Hunde aufgrund der Fotos und der Notizen selber beurteilen. Sieger würde derjenige Hund, der die meisten Punkte bekam.

Der Preis war hinreichend verlockend: Eine Kiste mit Hundefutter solcher Art, die meine Hunde bisher nicht einmal im Traum gerochen hatten. Auch für mich als ihre unermüdlich sorgende Köchin wäre ein Preis von Vorteil, denn er würde mir sicherlich eine vorübergehende Entlastung bringen. Eine der Teilnahmebedingungen stellte allerdings ein großes Hindernis dar. Der Wettbewerb war nur für Rassehunde vorgesehen. So mochten meine armen Schlucker noch so süße kastanienbraune Augen haben, sie konnten nicht teilnehmen. Ihre schlecht gefalteten Ohren zeigten schon von weitem ihre zweifelhafte Abstammung. Also keinerlei Hoffnung! Und dennoch ließ uns der Wettbewerb nicht los. Wir hatten doch UMSTANDSKRÄMER! Der war nicht wie die anderen. Der vermittelte den Eindruck, ein echter griechischer Hirtenhund zu sein, dessen Stammbaum nur ein wenig durch einen vorbeilaufenden Schäferhund verunreinigt war. Ich war davon überzeugt, dass wir dieses Hindernis mit etwas Humor noch sehr vergnüglich finden könnten. Ich würde in das Teilnahmeformular schreiben, dass seine Mutter eine reinrassige Hirtenhündin war, die bei dem heroischen Versuch, ihre Schafe zu retten, den heimtückischen Angriff eines verliebten Wolfes akzeptierte. Die Herde wurde jedenfalls gerettet. Die Leser würden ihm voller Sympathie lächelnd die höchste Punktzahl geben. Dazu kam der Vorteil, dass der Schönheitswettbewerb nicht auf dem Laufsteg stattfinden sollte, denn in diesem Fall hätten sie ihn sicher wegen seines schlampigen Ganges ausgeschlossen.

Da also die Bewertung aufgrund einer Fotografie erfolgen sollte, würde ich ein originelles, sehr gescheites Foto machen, mit dem er auf Anhieb alle Leser für sich gewinnen würde. Allerdings hatte ich von Linsen und Fotoapparaten keine Ahnung. Aber da ich gut zeichnen konnte, begann ich damit, einige originelle Posen zu skizzieren. Danach wollten wir ihn in die uns am besten erscheinende Pose hineinmanövrieren, sobald ein Kollege von mir eingetroffen war, der ein besessener Fotograf war.

Ihn zu waschen und herauszuputzen stand außer Frage. Doch als ich es wagte, ihm etwas Seifenschaum auf den Rücken zu schmieren, sprang er entsetzt auf und tat so, als hätte ich ihn mit siedendem Öl übergossen. So mussten wir uns damit begnügen, ihn in die richtige Position zu bringen, sonst nichts. Außerdem würde ich mir den großen Vorteil zu Nutze machen, den ich mit ihm erreicht hatte und der sicher beeindrucken würde: seine Liebe zu Katzen.

Ich skizzierte aus freier Hand auf einem Stück Papier verschiedene Posen, die mir in den Sinn kamen. Und danach entschieden wir uns. Die beste war die mit NINI als Turban auf seinem Kopf.

Es kam dann mein Kollege mit dem Fotoapparat, und wir widmeten uns einen ganzen Sonntagmorgen der Verwirklichung dieser Pose.

Es war jedoch nicht so einfach, wie ich angenommen hatte. Nini stieg zwar auf seinen Kopf, aber er wollte sich nicht hinsetzen. – Seine Gutmütigkeit hatte, wie es schien, auch Grenzen. – So wurde der Turban abgeschafft. Ich versuchte, ihm Nini auf den Rücken zu legen. Von wegen, jetzt empörte sich auch Umstandskrämer. Dieses ganze Getue, Apparate, Lichtmesser, Katze auf seinem Kopf, Katze auf seinem Rücken begannen ihn zu beunruhigen. Er zog sich immer weiter zurück. Der Kollege wiederum hatte Angst, ihm zu nahe zu kommen. »Am Ende beißt er mich noch!?« »Das würde er nie tun, niemals!«, versuchte ich ihn zu beruhigen. »Und woher weißt du das so genau?

Hast du einen Vertrag mit ihm abgeschlossen?«, fragte er und weigerte sich, ohne Sicherheitsabstand noch ein einziges Foto zu machen. Das gesamte Vorhaben drohte zu scheitern.

Schließlich half uns der Zufall mit einem guten Schnappschuss: alle Katzen zusammen, gebeugt über seinem Teller, und er mit erhobenem Kopf hinter ihnen, lächelnd auf sie herabsehend, honigsüß. Er hatte seine dienstliche Miene aufgesetzt wie immer, wenn er die Essensreste musterte. Die Leser wussten davon natürlich nichts, und sie würden sagen: »Was für ein edler Hund! Welch ein Kavalier!« Wir könnten Umstandskrämer den »Edlen Ritter« nennen, und wir könnten betonen, dass es seine Art sei, immer so großzügig sein Futter den hungernden, herrenlosen Katzen anzubieten.

Als der Film entwickelt war und wir das Foto sahen, waren wir restlos begeistert. Wir konnten wieder hoffen. Es war das beste von allen bisher veröffentlichten Bildern: ein fescher Umstandskrämer, einfach zum Verlieben! Und vor ihm, dicht gedrängt, seine Katzen, die in dieser Formation seine breiten, ungelenken Treter verdeckten.

Die Kinder waren sich des ersten Preises sicher und schmiedeten Pläne. Sobald sie die Kiste mit dem Hundefutter ins Haus geholt hätten, würden sie alle Dosen öffnen und das Futter an die Hunde verteilen, damit die sich endlich mal an gut gekochtem, saftigem Fleisch erfreuen könnten. Ich tat so, als verstünde ich ihre Anspielung nicht, und vertrat lautstark die Meinung, dass zwei, drei Dosen für den Anfang genügen müssten und der Rest für Umstandskrämer aufbewahrt werden sollte, damit er in der Sommerhitze einmal nicht so viele Kilometer zurücklegen müsste. Und ich würde ihm auch jedes Mal etwas Brot dazugeben … »Nein, du gibst es ihnen ja trocken! Zum Teufel mit deinem trockenen Brot! Er hat es gewonnen! Sie gehören ihm! Er soll das Futter so essen, wie es ist!«

Er hat es gewonnen? Wann denn? Wer hat es gewonnen? Sie haben nicht einmal sein Foto in die Illustrierte gesetzt. Wir haben jede Woche danach gesucht. Ohne Erfolg. Schließlich bildeten sie die Fratze eines kleinen Pinschers mit Schleifchen ab. Vielleicht war er süß, aber keineswegs dazu in der Lage, auch nur eine von den Dosen allein zu bewältigen. Und wenn die Hälfte übrig blieb, würde der Rest verschimmeln … Aber er hatte die meisten Stimmen bekommen.

»Warum haben sie denn Umstandskrämers Foto nicht abgedruckt?«, fragten die Kinder besorgt. »Warum haben sie ihn nicht teilnehmen lassen?« »Anscheinend entschuldigen sie nicht die Einmischung jenes Wolfes in seinen Stammbaum«, schloss ich. »Dann hast du Schuld! Du hättest nicht all den Quatsch über seine Rasse schreiben sollen! Es wäre besser, du hättest nichts dazu geschrieben …« Und so fingen sie zu Hause damit an, mich für Umstandskrämers Misserfolg verantwortlich zu machen, und darüber hinaus stimmten alle, die sie noch dazu befragten, mit ihnen überein. Bis ich zum Schluss, um mich zu retten, losging und einen Beutel mit Konservendosen kaufte, dieselbe Sorte, die wir auch als Preis bekommen hätten, sie sogleich eine nach der anderen öffnete, das Futter an die Hunde austeilte, so dass sie fressen konnten, bis sie platzten, und versuchte, bei alldem eine möglichst festliche Stimmung zu verbreiten. Das Thema war damit vom Tisch …

Doch da irrte ich. Einige Zeit später erfuhr ich rein zufällig, warum das Foto abgelehnt worden war.

Ich traf eine alte Freundin, von der ich hörte, dass sie bei dieser Illustrierten arbeitete. Zuerst schien es so, als ob sie sich an nichts erinnerte. Während ich ihr aber von meiner verrückten Idee erzählte, einen verliebten Wolf ins Spiel zu bringen, stutzte sie plötzlich, und dann blitzte es in ihren Augen auf. »Ah, du sprichst von den Katzen!! Wahrhaftig! Die Katzen, die ihm seine Mahlzeit weggefressen haben, ohne dass er sich gewehrt hat! Ja, ja! Jetzt erinnere ich mich. Außer sich war unser Chefredakteur, als er das Foto sah. ‚Seht euch diesen Schlappschwanz an!‘, sagte er zu uns. ‚Wenn er mein eigener wäre, würde ich ihm das Hirn in der Luft zerreißen. Ist es die Möglichkeit, dass es solche Schlappschwänze von Hunden gibt?‘ – Aber sag mir,

Marielli, ist die Aufnahme echt? Oder habt ihr einen Trick angewendet?« »Nein, sie ist echt. Und deshalb haben sie sie abgelehnt?« »Der offizielle Grund war, dass die Katzen und nicht der Hund im Mittelpunkt standen, weshalb das Thema verfehlt war. Wenn du allerdings die Antipathie meines Chefredakteurs gegen Katzen kenntest, würdest du sofort verstehen, warum er das Foto ausgemustert hat. Er ist einer jener Tierfreunde, die Hunde anbeten und Katzen hassen. Er hat drei Jagdhunde in seinem Haus, weil er auch ein leidenschaftlicher Jäger ist. Katzen, wie gesagt, mag er nicht. Er verabscheut sie. Ich weiß auch nicht, warum. Ich erinnere mich sehr gut daran, dass er sich, sobald er dein Foto gesehen hatte, ziemlich erregte. Er zeigte es allen Mitarbeitern, wobei er es höhnisch kommentierte. – Aber du willst doch jetzt nicht wütend dagegen protestieren …?«

Protestieren, um was zu erreichen? An dem Ausgang des Wettbewerbs könnte ich sowieso nichts ändern. Aber ich wollte die Sache auch nicht auf sich beruhen lassen. Sie haben ihm Unrecht getan, dem armen Schlucker Umstandskrämer, der das Futter so dringend gebraucht hätte. Um jedoch meine Freundin nicht zu kompromittieren, ging ich nicht in ihre Redaktion, um mich zu beschweren. Ich schrieb einfach einen Leserbrief an diesen Chefredakteur mit der Bitte, ihn zu veröffentlichen.

Die falschen Tierfreunde

Herr Chefredakteur.

Da Ihre Illustrierte viele Beispiele für Tierliebe gebracht hat, möchte ich Sie darum bitten, folgende klärende Worte für die Leser zu veröffentlichen:

Ein Tierfreund ist nicht derjenige, der sorgsam eine Ziege melkt und im nächsten Augenblick einen Hund mit Steinen bewirft. Auch nicht jemand, der zwar ein Tier bei sich beherbergt, aber immer wieder vergisst, es zu füttern. Und selbst derjenige ist kein Tierfreund, der nur eine Tierart liebt und sich nur um diese kümmert, dafür aber alle anderen verabscheut.

Ein Jäger kann niemals ein Tierfreund sein, und wenn er seinen Gefährten, den Hund, auch noch so vergöttert. Erst recht nicht, wenn er seinen so genannten Gefährten nach der Jagd an irgendeinen Baum in den Bergen oder an einer Schlucht kettet und ihn dort vergisst wie sein Gewehr.

Der Tierfreund liebt alle Tiere, und wann immer er auf eines trifft, das verletzt oder hungrig ist, oder auf eines, das gequält wird, setzt er alles daran, ihm zu helfen.

Es gibt keinen falscheren Tierfreund als denjenigen, der einen Rassehund spazieren führt und den armen herrenlosen Hund, der sich in seine Nähe wagt, davonjagt.

Auch der ist ein falscher Tierfreund, der sagt: Ich liebe alle Tiere, aber ich habe eine Abneigung gegen Katzen, oder: Ich liebe Hunde, aber Katzen hasse ich.

Wer die Katzen wirklich liebt, liebt sie alle, ohne Unterschied.

Hochachtungsvoll, Ihre Leserin …

Und ich unterschrieb normal mit meinem Namen. – Allerdings hat er meinen Brief nie veröffentlicht …

Nördliche und Südliche

Obwohl ich eigentlich die ganze Geschichte mit dem missglückten Foto von Umstandskrämer vergessen sollte, nagte irgendetwas weiter an mir. Ich würde gern einen Weg finden, den Chefredakteur in seiner Meinung über Katzen zu erschüttern.

Ich lernte noch andere »Tierfreunde« kennen, die diese beiden Haustierarten in zwei feindliche Armeen aufgeteilt haben wollten. »Für wen bist du? Ich bin für die Nördlichen, weil sie dich nie verraten. Weißt du, wie undankbar die Südlichen sind?«

»Du kannst mir einiges erzählen. Mich überzeugst du nicht! Wenn du die Nördlichen nicht wäschst, verdrecken sie. Wohingegen die Südlichen blitzblank sind. Du kannst sie in deinem Bett verstecken.«

Ich habe nie verstanden, warum wir unbedingt für die einen oder die anderen sein müssen. Für jene scheinen die beiden Haustierarten nicht nur in zwei Armeen aufgeteilt zu sein, sondern darüber hinaus unerbittliche Kämpfe gegeneinander auszufechten. Und doch hegen die Hunde in Wirklichkeit keinen besonderen Groll gegen die Katzen. Sie jagen jeden kleinen Vierfüßler, der ihnen über den Weg läuft, mit der gleichen Besessenheit, Hase, Kaninchen, Igel. Ihre Natur ist eben so. Sie sind einfach wild darauf, ein Tier zu jagen.

Unseren armen Postboten jagen sie allerdings auch, laut bellend alle zusammen, sobald er es wagt, mit seinem Roller auf der Bildfläche zu erscheinen. Er leidet sichtlich, bis er alle Briefe verteilt hat. Oftmals aber schiebt er uns in seiner Angst die falschen Briefe in den Kasten, und dann jagen auch wir ihn, zusammen mit den Hunden, um sie ihm zurückzugeben.

Es gibt also keinen Krieg zwischen Hund und Katze. Aber da die kleinen wilden Vierbeiner selten geworden sind, begnügen sich die Hunde jetzt damit, Katzen zu jagen.

Wie überzeugt man aber die fanatischen Verfechter der beiden feindlichen Armeen? Auch der Chefredakteur dieser Illustrierten glaubte ja an einen langen Krieg und hatte sich darüber hinaus schon im Heer der Nördlichen verschanzt, von wo aus er die Südlichen mit Steinen bewarf.

Ich kenne sie gut, diese kämpferischen Anhänger der Hunde. Was habe ich mir schon den Mund fusselig geredet, um sie dazu zu bringen, nur einmal einen wohl meinenden Blick auf den »Feind« zu werfen. Es ist wahrhaftig schwer, sie zu ändern.

Einen von ihnen konnte ich immerhin dazu bringen, auch die Katzen zu lieben, indem ich ihm probeweise ein kleines Kätzchen auslieh, das ihn selbstverständlich eroberte und auch heute noch bei ihm ist. Denn die Berührung mit dem Feind ist die beste Art und Weise, sich mit ihm zu versöhnen. – Wie konnte ich aber den Chefredakteur mit den Katzen zusammenbringen? Ihm eine per Post zu schicken war unmöglich. Zu ihm zu gehen und ihm vorzuschlagen, ein Kätzchen zu adoptieren, kam überhaupt nicht in Frage. Er würde mich abweisen wie den schlimmsten Vertreter. Noch ging es an, ihm ein kleines Kätzchen ins Haus zu werfen, denn er würde es ohne mit der Wimper zu zucken seinen Hunden zu Trainingszwecken überlassen.

Es blieb mir also nichts anderes übrig, als den Charme der Hunde in seinen Augen herabzusetzen und gleichzeitig den Charme der Katzen besonders hervorzuheben. Und wenn es mir gelänge, ihn dazu zu bewegen, wenigstens einen wohl meinenden Blick auf den »Feind« zu werfen, nun, dann könnte ich sichergehen, dass die Katzen den Rest allein bewältigen würden.

Ich schrieb so etwas wie ein heiteres Lesestück, das ich »Hunde und Katzen« nannte, und schickte es an seine Illustrierte mit der Bitte um Veröffentlichung in der Kolumne »Die Leser stellen sich vor«.

Hunde und Katzen

Mehr als ihr Leben liebten die Hunde ihren Herrn. Sobald sie ihn vor sich sahen, primitiv und grob, glaubten sie, ihr Leben sei dazu bestimmt, ihm treu überall hin zu folgen. Ihm zu dienen und ihm zu gehorchen.

Die Katzen im alten Ägypten wurden wie Gottheiten verehrt, und daran erinnern sie uns heute noch mit ihrer zeitweise strengen Miene. Sie spazieren stolz um uns herum, und diejenigen, die uns erobern, machen uns unterwürfig und nur zu bereitwillig, ihnen zu dienen. Der egoistische Mensch widersetzt sich jedoch dem Charakter der Katze. Er bevorzugt die Verbeugungen und den Gehorsam der Hunde. Und so erklärt sich vielleicht das Phänomen, dass jemand Hunde liebt und gleichzeitig Katzen hasst. Andere lieben nur Rassehunde.

Hört, was im Gegensatz zu den Katzen die Hunde tun: Einige apportieren Pantoffeln, andere Zeitungen. Wieder andere gehen zur Jagd und überbringen ihrem Herrn, dem Jäger, ihre Beute, selbst wenn sie hungrig sind. Hin und wieder erwacht auch mal einer und verschlingt die Beute selber, statt sich zum Gespött zu machen. Aber in den meisten Fällen erhält er hinterher so viele Schläge, dass er auf Knien schwört, es nie wieder zu tun.

Einige Hunde übernehmen auch schwierige Aufgaben bei der Polizei, ziehen keuchend Schlitten hinter sich her, graben im Schnee nach Verschütteten, suchen nach Betäubungsmitteln und Sprengstoff, bewachen Häuser, Pferche und Fabriken, und alles das, obwohl wir sie faule Hunde nennen. Fast sieht es so aus, als würden die entspannt in der Sonne liegenden Katzen die Hunde verachten, die sich kampflos unterwerfen, sich klaglos einen Maulkorb um- und eine Leine anlegen lassen, sich dazu verpflichten, Pfötchen zu geben und Kunststücke vorzuführen. – Haben Sie jemals gesehen, dass Katzen Kunststücke vorgeführt haben? – Und dennoch sind Letztere nicht ungelehrig und dumm. Alles andere. Vielleicht sind sie fauler als Hunde (auch wenn wir von faulen Hunden statt von faulen Katzen sprechen). Auf jeden Fall sind sie unabhängiger. Keine Leine und keine Unterwerfung. Sie gehorchen wem und wann sie wollen. Sie sind Dickschädel und Trotzköpfe und können sehr beharrlich sein. Nur dienen wollen sie auf gar keinen Fall.

Die Katze ist niemals dein Diener, auch nicht, wenn du sie fütterst und dich um sie kümmerst. Sie kommt zu dir, wenn sie es will; und wenn sie es will, liebt sie dich auch. Diener wirst nur du werden, indem du ihr die Tür öffnest und schließt und gelegentlich von ihr angerichtete Schäden beseitigst. Aber genau darin liegt ihr ganzer Charme. Sie ist eine unkomplizierte Persönlichkeit, um die du kämpfen musst, die dir nicht unterwürfig hinterherläuft, um dich anzubeten, sondern deren Liebe du erobern musst.

Die Katzen haben allein und in aller Stille einige Vorrechte errungen, von denen andere Tiere nicht einmal zu träumen wagen. Von Anbeginn sind sie vollkommen frei. Sie spazieren umher, wo sie wollen. In den Städten, in den Dörfern, auf den Dächern, auf den Straßen, in den öffentlichen Gebäuden, unter den Autos. Von dem Zeitpunkt an, als die Dachziegel zu verschwinden begannen, schafften sie sich neue Lebensräume unter den geparkten Autos. Wann immer sie wollen, können sie in den Garten des Staatspräsidenten gehen oder in den des Wohnungsbauministers, und sicher noch weiter, wenn sie pfiffig sind.

Sie verkehren in Theatern und Kinos. Dort habe ich mich schon oft in Gesellschaft einer Katze befunden, die an meinem Platz vorbeigekommen ist oder mich unter den vielen Zuschauern auserwählt hat, um sich zu meinen Füßen einzurollen …

Und ich nehme an, dass alle schon einmal gesehen haben, wie eine Katze in einem Sommerkino während der Filmvorführung in aller Ruhe vor der Leinwand vorbeispaziert, ohne dass sich irgendjemand darüber wundert. Stell dir einmal vor, was passieren würde, wenn ein elender Esel an der Leinwand vorbeitraben würde.

Gibt es überhaupt einen Ort, den eine Katze nicht ungestört betreten kann? Vielleicht eine Kirche? Aber selbst in das Allerheiligste spaziert sie hinein! Denk mal, es soll ein ungeschriebenes Gesetz geben, das es ihr erlaubt! Wie sollte ich also nicht die Katze als das einzige wirklich freie Tier ansehen? Es lebt, ohne zu arbeiten, und niemand hat es bisher gewagt, ihr diese Freiheit zu schmälern. Die Schilder an den Stränden und in den Parks lauten »Hunde verboten«. Wer aber würde ein Schild aufstellen mit der Aufschrift »Katzen verboten«? Es würde die Leute zum Lachen bringen, und die Katzen würden als Erste das verbotene Gelände betreten und sich obendrein am Schilderpfahl die Krallen schärfen.

Sie ist also immer noch das einzige freie Tier, auf das bis heute nicht die Jäger ihre Gewehrläufe richten. Es lebt wirklich frei und mitten unter uns. Ein Sinnbild der Unabhängigkeit, des Ungehorsams, der Freiheit.

Die Franzosen hätten das damals bedenken sollen, als sie sich dazu entschlossen, den Amerikanern eine robengewandete, intellektuelle Brandstifterin als Freiheitssymbol zu schenken.

Höchstwahrscheinlich könnten sie heute ihren Fehler von damals verstehen und wenigstens das Ebenbild einer Katze auf ihre Schulter setzen.

– Letztendlich hat er auch diesen Brief nie veröffentlicht. –

Nun unter uns

Es kann sein, dass ich das, was ich geschrieben habe, für die Freiheit der Katzen geschrieben habe und mit dem Gedanken, dass die Katzen keine Kunststücke vorführen wie viele andere Vierbeiner. Und dennoch, wenn wir bei der Wahrheit bleiben wollen, muss ich zugeben, dass sie doch ein winzig kleines Kunststückchen zeigen können, sofern sie bei guter Laune sind.

Es handelt sich um das Kunststück »Eins, zwei, drei«. Es ist eine leichte Nummer, die jeder seiner Katze zum privaten Gebrauch beibringen kann, vorausgesetzt, er hat gute Beziehungen zu ihr und sie ist nicht zu alt. Du stehst also vor ihr und sorgst dafür, dass sie dich beachtet. Dann klopfst du abwechselnd mit einer Hand auf deinen Schenkel, deinen Bauch und deine Schulter, indem du rhythmisch dazu sagst: »Eins, zwei, drei!« Das wiederholst du einige Male, sofern sie dir noch zusieht, und irgendwann bei »drei« setzt du sie dir auf deine Schulter. Nach vielen Tagen intensiver Übung wird die Katze, wenn sie will, bei »drei« alleine hochspringen und sich auf den von dir gewünschten Platz setzen.

Das war eine klassische Nummer, oder nennen wir es lieber ein Spiel, das die einsame alte Frau, die mich aufgezogen hat, ihrer Katze beigebracht hatte und das sie vorzuführen pflegte, wenn jemand ins Haus kam. Dann gefiel es ihr, mit einer kurzen Darbietung in die Stube zu kommen und danach sofort wieder zu verschwinden.

Heute führt keine meiner Katzen dieses Kunststück vor. Vor allem, weil PARIS keine Lust mehr hat und ich nicht die Zeit, es ihnen beizubringen. Aber auch, weil ich darüber nachdenke, was passieren könnte, wenn alle auf einmal auf meine Schulter springen würden. Weil die Katze, nachdem sie gelernt hat, hinaufzuspringen und da oben zu sitzen, keine besondere Aufforderung mehr benötigt. Es genügt ein Schlag auf die Schulter. – Aber viel schöner findet sie es, das

Kunststück aus freien Stücken vorzuführen und dich mit dem Sprung zu überraschen. Und das ist tatsächlich ein schreckliches Gefühl, wenn du gerade in dem Augenblick ein mit Kristallgläsern beladenes Tablett vor dich hinträgst, während sie in ihrer ganzen Lebendigkeit vor dir Schwung nimmt, ohne dein verzweifeltes »Nein!!!« zu berücksichtigen, das du vor Entsetzen ausstößt.

Schließlich ist es gut, wenn deine Katze nur auf deine eigene Schulter springt. – Wenn sie jedoch damit anfängt, auf fremde Schultern zu springen, was geschieht dann? Paris hat das, zumindest in seiner Jugend, oft gemacht. Wir sahen uns gezwungen, ihn in einem Schrank einzusperren, bis auch der letzte Gast gegangen war. Ich erinnere mich noch genau an das erste Mal, als er es gewagt hat … und an die betroffene Person!

Wir hatten einen Freund mit Namen Laki, der Hypochonder war und nichts mehr verabscheute als Staub. Vor allem den Staub, wie er zu wissen meinte, der sich in dem Fell von Katzen befand und den man, wie er behauptete, im Licht der Sonne sehen konnte, wenn sich die Katze am Ohr kratzte. »Was die für einen Staub absondert, ist eine ganze Sache!«, betonte er jedes Mal voller Leidenschaft, und ich versuchte ihn davon zu überzeugen, dass es kein saubereres Tier gibt als die Katze. Dass sie sich den ganzen Tag über mit ihrem Speichel reinigt, der laut wissenschaftlicher Analysen wesentliche Antiseptika enthält und somit ständig desinfizierend wirkt. Als unser Freund während meiner Ausführungen noch schlimmere Grimassen schnitt und sich angewidert schüttelte, musste ich mich geschlagen geben. »Wasser und Seife, meine Gute! Wenn du mir zusichern kannst, dass sie Wasser und Seife akzeptieren, werde ich sie empfangen!«, sagte er schließlich lakonisch und beendete damit das Gespräch.

Aber auch sonst ekelte er sich vor allem. Ganz gleich, in was für einem Restaurant er sich befand, immer wischte er seine Gabel äußerst gründlich mit einer Papierserviette ab, bevor er mit dem Essen begann. Sobald er unser Haus betreten hatte, ging er ins Badezimmer unter dem Vorwand, ein gewisses Bedürfnis befriedigen zu wollen, aber in Wirklichkeit wusch er sich immer erst die Hände. Wir vermieden es, ihn mit Handschlag zu begrüßen, um ihn nicht zu nötigen, ins Bad laufen zu müssen. Doch unsere Sorge war unnötig, denn er ging in jedem Fall. Darüber hinaus sah er sich einen Sessel genau an, bevor er sich darauf setzte. »Setzt sich eure Katze hierher? Oder nicht?«, fragte er uns jedes Mal sorgenvoll und wedelte mit seinem Taschentuch über die Polster und Kissen hin.

Schließlich hielt ich es eines Tages nicht mehr aus und sagte zu ihm: »Soll ich dir eine Schürze aus der Küche holen, die du dir drunter legst, damit du dich bedenkenlos hinsetzen kannst?«

Ausgerechnet diesen Menschen wählte sich Paris für seinen ersten selbstständigen Sprung aus. Und wisst ihr, was ihn dazu reizte? Es war eine kleine Bewegung, die unser Freund machte. Dort vor der Tür, wo wir ihn verabschiedeten, warf er einen Blick in den Spiegel, und als er auf dem Revers seines Trenchcoats ein Stäubchen entdeckte, streckte er seinen Arm aus, um es abzuklopfen. Das war es! Im nächsten Augenblick hatte er auf seinem Trenchcoat einen schwarzen Pelzkragen, der allerdings durch das Geschrei seines Trägers aufgeschreckt, sofort wieder verschwand. Unser Freund sprang noch eine ganze Weile hysterisch herum und kam von Stund an nicht wieder.

Der Einfluss der Farben auf den Charakter

Wenn wir einen Menschen nach seinem Tierkreiszeichen fragen, glauben wir, etwas über seinen Charakter zu erfahren. Entsprechend könnten wir in groben Zügen den Charakter einer Katze nach der Färbung ihres Fells beurteilen.

Ganz unterschiedliche Charaktere habe ich bei Gescheckten und Grauen beobachtet, bei Schwarzen und Roten, bei Getigerten und Zweifarbigen. Gleichzeitig erkannte ich viele gemeinsame Merkmale in den Charakteren aller Gescheckten, aller Schwarzen und aller Grauen. Es waren nur winzige Details, die mir jedoch immer wieder aufgefallen sind.

So bin ich zu dem Schluss gekommen, dass die Farben des Fells, abgesehen von ihrer Bedeutung für das Geschlecht, einen Zusammenhang mit dem Charakter ihrer Träger haben müssen.

SCHWARZE KATZE: Sie ist eine starke Persönlichkeit mit einem Hang zum Diktatorischen. Schlau und äußerst intelligent bis satanisch. Man kann sie nur schwer in die Irre führen. Sie hat sowohl die Fähigkeiten eines Einbrechers als auch die eines Künstlers. Ihr gefällt die melodische Musik, und sie reagiert auf Misstöne mit nervösen Zuckungen ihrer Ohren. Beim Essen ist sie wählerisch und zeigt eine Vorliebe für die eine oder andere Süßspeise. Sie hat einen leichten Hang zu Hautkrankheiten und schöpft dennoch ihre sieben Leben gewöhnlich aus.

Besonderes Merkmal: Sie ist schlauer als alle anderen Katzen.

GETIGERTER KATER: (Für viele ist er die typische Dachkatze.) Während er sich einerseits durch Gutmütigkeit und Trotteligkeit auszeichnet, zeigt er andererseits beim Stehlen eine erstaunliche Geschicklichkeit. Er ist Weltmeister im Schnurren, frisst leidenschaftlich gern und stiehlt und kämpft, um sich sein Futter zu sichern.

Besonderes Merkmal: Er frisst mehr als alle anderen Katzen.

GETIGERTE KATZE: Sie ist viel schlauer als das männliche Tier und sehr gutmütig und hingebungsvoll. Auch sie stiehlt blitzschnell vor deinen Augen, verschlingt die Beute aber nicht, sondern trägt sie eilig davon, gewöhnlich, um sie mit ihren Kindern zu teilen.

Besonderes Merkmal: Da sie auf der Suche nach Nahrung jede Gefahr außer Acht lässt, kommt sie leicht durch einen Unfall zu Tode.

GRAUE EINFARBIGE KATZE: Sie ist stolz und würdevoll. Der Kater stiehlt hin und wieder, die Katze jedoch nie! Sie sieht den Katern verächtlich zu, wenn diese mit Hauen und Stechen um ihr Diebesgut kämpfen, während sie selbst jede Teilnahme daran ablehnt. Sie liebt ihre Kinder leidenschaftlich, und wenn sie sie verliert, beweint sie sie Tag und Nacht über eine lange Zeit. Sie ist überhaupt nicht gesellig, sondern bevorzugt Stille und Einsamkeit. Wenn du jedoch auf sie zugehst, wirst du eine tiefe Zärtlichkeit in ihrem Charakter entdecken. Sie wird selten krank. Wenn doch, geht sie ein für alle Mal.

Besondere Merkmale: Sie hat den am deutlichsten ausgeprägten Mutterinstinkt von allen, aber ihre dominierende Eigenart ist, dass sie nicht stiehlt.

BLONDER KATER MIT ORANGEFARBIGEM EINSCHLAG UND DEM BEINAMEN ROTER: Er ist gutmütig, ruhig und friedliebend, ohne besondere Persönlichkeit, ohne Träume und Ehrgeiz. Wenn nötig, stiehlt er; aber gewöhnlich stört er niemanden. Er kränkelt leicht und ist besonders empfindlich am Darm und an den Stimmbändern. Er lebt nicht seine sieben Leben.

Besonderes Merkmal: Er pflegt mit allen einen freundschaftlichen Umgang.

DREIFARBIG GESCHECKTE KATZE, WEISS-SCHWARZ-GELB: Die irdischste aller Katzen, schlau, schmeichelnd, kokett. Eine Diebin und Spielernatur. Gerissen, dynamisch, sinnlich. Auf ihre Art gelingt ihr alles, was sie sich vornimmt, und gewöhnlich führt sie ein Leben voller Liebkosungen.

Besondere Merkmale: Sie sorgt sich nicht zu sehr um ihre Kinder.

Wenn sie sie verliert, vergisst sie sie auf der Stelle. Sie ist mehr Frau als Mutter.

KATER ODER KATZE IN REIN WEISS: Eine bildschöne Katze, oft mit verschiedenfarbigen Augen. In einem solchen Fall ist sie besonders verspielt und ganz unberechenbar. Bei ihr kannst du nie wissen, welches ihre nächste Bewegung sein wird. Mal Schmusekatze und dann wieder aufbrausend und kampfbereit. Manchmal verlässt sie ihr Zuhause, was bei einer andersfarbigen Katze unwahrscheinlich ist.

Besondere Merkmale: Sie ist die verspielteste von allen Katzen.

SCHWARZ-WEISSER KATER (SELTEN): Er hat viel mit der schwarzen Katze gemeinsam, vorausgesetzt, der schwarze Fellanteil beträgt mehr als 50 %. Wenn die weiße Farbe überwiegt, neigt er zu der Einzigartigkeit der weißen Katze, hat jedoch niemals auch deren Beweglichkeit.

KATER ODER KATZE IN GRAU-WEISS: Je nachdem, welche Farbe überwiegt, bildet sich ihr Charakter heraus. In jedem Fall besitzt sie auch den Stolz und die Würde, die die graue Katze auszeichnet.

Selbstverständlich bestimmen auch die Lebensumstände den Charakter einer Katze. Und ich muss zugeben, dass ich nur Katzen studiert habe, deren Nahrung und Unterkunft gesichert war. Hunger, Verfolgung und Strapazen beeinflussen ihren Charakter mit Sicherheit mehr als ihre Fellfarben.

Die dunkle und unsichtbare Seite
von Umstandskrämer

Es hat den Anschein, als würden sich Umstandskrämers Säuberungsaktionen nicht auf die Teller der gut versorgten Hunde der Umgebung beschränken. Er hatte es übernommen, auch die benachbarten Hühnerställe zu säubern. Wobei es allerdings weniger um den Mist als um die Hühner selbst ging.

Er musste sich wohl einer Bande hungernder Straßenköter angeschlossen haben, die nach den Aussagen verschiedener Zeugen einen schwarzen Schäferhund mit scharfen Zähnen und aufgestellten Ohren als Anführer hatten. Des Nachts versammelten sie sich in dem nahen Wald und schmiedeten Pläne. Ich stelle mir vor, dass jeder von ihnen einen Hühnerstall ins Auge gefasst hatte, den er nun den Kollegen mit seinen Vorzügen und Nachteilen beschrieb. Danach entschieden alle zusammen über die Reihenfolge der Säuberungsaktionen.

Das letzte Wort hatte immer der schwarze Schäferhund, denn er war stets an vorderster Front zu sehen, während die anderen ihm folgten.

Wer grub das Loch unter dem Zaun? Wer schlüpfte in das Gehege und erwürgte die Hühner? Ich weiß es nicht. Vielleicht hat Umstandskrämer nur Schmiere gestanden, aber vielleicht hat er auch etwas anderes gemacht. In seinem Strafregister stand immerhin der Mord an dem Engländer und an einer alten Henne.

Und ich hatte ihn immer für einen lieben Bären gehalten, dem ich in den mondhellen Nächten mitten auf der Straße Walzer beigebracht hatte und auf den ich stolz war, wenn er mich schwanzwedelnd begrüßte. Ach, alle diese Illusionen sind von den Tressen und der Mütze eines Dorfpolizisten zum Einsturz gebracht worden. Er parkte sein Motorrad außerhalb des Gartens und kam grimmig, mit höchst dienstlicher Miene auf mich zu. »Ist das Ihr Hund?«, fragte er mich mit eiskalter Stimme, wobei er mit seinen Handschuhen auf Umstandskrämer zeigte. – Sobald mein Kleiner merkte, dass wir über ihn sprachen, setzte er unter Zuhilfenahme von Schwanz und Ohren seine allersüßeste Unschuldsmiene auf, als könnte er kein Wässerchen trüben. – »Nicht direkt«, erklärte ich. »Er kommt regelmäßig hierher zum Wassertrinken.« – »Überspringt er die Begrenzungsmauer? Betritt er Ihren Garten? Das allein zählt.« – »Die Begrenzungsmauer? Wer beachtet denn die? Keiner von ihnen. Alle nehmen an, dass meine Mauer dazu da ist, übersprungen zu werden. Nur für ein paar kleine Hunde ist sie zu hoch. Aber die zwängen sich unter der Pforte durch und kommen so herein.«

Er sah mich verärgert an mit seinen kalten grauen Augen. »Ich weiß nicht, wer diese kleinen Hunde sind. Nach dem kaffeebraunen dort frage ich dich. Fütterst du ihn? Gibst du ihm zu trinken?« Einen Augenblick war ich verwirrt. Ich hatte die Vorstellung, er würde mir vorwerfen, nicht gut genug für sie zu kochen … »Ich biete ihnen an, was ich ermöglichen kann. Ich habe auch einen Mann, ein Haus und Kinder, und alle erwarten von mir, dass ich ihnen etwas vorsetze …« »Das ist kein Grund, ihn nicht anzubinden«, unterbrach er mich. »Aber warum soll ich ihn anbinden?« – »Weil er die Hühnerställe der Gegend verwüstet hat.« Und darauf öffnete er mir die Augen bezüglich der umfangreichen Aktivitäten des Herrn im kaffeebraunen Pelz. Hühner, deren Küken, Rebhühner, Wachteln, Kaninchen, Tauben, alle soll er auf dem Gewissen haben, und ich folglich die Gendarmerie am Hals, und hinter dieser, außer sich, die Besitzer, die nach einer Entschädigung schreien.

»Er gehört mir nicht«, wagte ich zu konstatieren. »Er kommt hier von Zeit zu Zeit vorbei, um Wasser zu trinken, sich auszuruhen; und wenn er Reste findet, frisst er sie auch.« – »Im Gesetz heißt es jedoch«, erklärte er mir, »dass du auf der Stelle der Besitzer eines herrenlosen Hundes wirst, sobald du diesen auch nur ein einziges Mal auf deinem Grund und Boden fütterst; und damit übernimmst du auch die volle Verantwortung für alles, was er tut.« – »Das bedeutet, dass es das Gesetz verbietet, einem hungrigen herrenlosen Hund auch nur einen einzigen Bissen zu geben!? Das Gesetz möchte also, dass er vor Durst verrückt wird und vor unserer Tür vor Erschöpfung zu Grunde geht, damit wir absolut keine Verantwortung tragen!? – Und warum sammelt der Gesetzgeber nicht die herrenlosen Hunde ein, um sie zu füttern und sich um sie zu kümmern, anstatt uns die Verantwortung zuzuschieben?« – Das alles sagte ich in meinem Zorn zu ihm und führte noch einige Argumente mehr ins Feld, die jedoch von ihm abprallten wie Gummibälle. Er sah mich mit seinen grauen gleichgültigen Augen an, in denen sich nur die Farbe seiner Uniform spiegelte.

»Wenn du sie nicht alle entschädigst, werden sie dich vor Gericht bringen«, sagte er zu mir, als er merkte, dass ich schwieg, und dabei übergab er mir eine lange Liste. Erst als ich einen Blick hineinwarf, begann mir schwindlig zu werden.

Sie sah wie die Rechnung eines extrem teuren Restaurants aus, in dem ein paar gefräßige Riesen mit ihren Gästen aufwändig gefeiert hatten, inklusive einer Menge zerbrochener Teller, Flaschen und Stühle. »Nach Lage der Dinge kann Umstandskrämer unmöglich alles allein gefressen und zerschlagen haben«, sagte ich schließlich, wobei ich tief einatmete. »Warum ziehen Sie nicht auch die anderen Bandenmitglieder zur Verantwortung? Sie selbst haben doch einen schwarzen Anführer erwähnt.« – »Selbstverständlich wissen wir, dass er diese Mengen nicht allein gefressen hat. Aber im Gesetz heißt es, dass, wenn aus einem Rudel auch nur ein Einziger erwischt wird, dieser Eine für alle zu zahlen hat. Verstehen Sie mich recht, es ist dem Arm des Gesetzes nicht möglich, fünf oder zehn Hunde auf einmal zu jagen in dem Augenblick, in dem sie in alle Richtungen davonlaufen. Der Zufall entscheidet, wen du verfolgst und wer schließlich bezahlen muss. In deinen Garten flüchtete er, als sie hinter ihm herjagten. Sie haben es genau gesehen! Ich hatte nicht die Gelegenheit, dabei zu sein. Du fütterst ihn, gibst ihm zu trinken, trägst also die Verantwortung.

Hättest du dich nicht erbarmt und ihn nicht angelockt, wäre das nicht passiert. Wenn er sieht, dass er nichts von dir zu erwarten hat, geht er weiter. Warum versammeln sie sich nicht bei mir? Ich habe auch so eine niedrige Begrenzungsmauer wie du, aber schau es dir selber an, bei mir entdeckst du nicht die Spur von einem Hund. Der wagt es gar nicht erst. Bück dich, um den Anschein zu erwecken, einen Stein aufzuheben! Und nichts passiert ihnen.«

Ich ließ ihn reden und konnte nicht antworten, weil sich ein feuchter Knoten in meinem Hals festgesetzt hatte. Ich hatte Angst, ich würde vor ihm anfangen zu weinen, nicht wegen der hohen Rechnung, die ich nur schwer würde begleichen können, sondern wegen der Härte dieses Menschen, der ohne etwas Böses tun zu wollen, die herrenlosen Hunde zum Hungern und Dursten verurteilte, indem er nur das Gesetz anwandte. – Und jetzt, wo ich selbst diese Gesetze kennen lernte, musste ich gehorchen. Es würde für die durstenden Hunde kein Wasser mehr geben und keine Mahlzeit, wenn sie ausgehungert waren, und kein herrenloser Hund würde mehr bei mir Zuflucht suchen.

»Und was passiert, wenn die Bande morgen wieder plündern geht und er dabei ist?«, fragte ich ihn, indem ich auf Umstandskrämer zeigte. »Sie werden dich wieder zur Verantwortung heranziehen, außer wenn du ihn ab heute an der Leine hast.« – »Er lässt sich nicht anbinden. Er ist ein Hund, der frei herumläuft. Außerdem gehört er mir nicht. Einmal habe ich versucht, ihm ein Zeckenhalsband anzulegen, da hat er verrückt gespielt, bis er es wieder abstreifen konnte.« – »Aber die große Freiheit muss bezahlt werden! Jag ihn also fort! Oder lass es lieber, weil es verboten ist! Es ist nämlich vor ein, zwei Jahren ein Gesetz in Kraft getreten, das besagt, dass derjenige, der einen Hund auf die Straße wirft, ins Gefängnis kommt. Aber vergiss es. Ich werde die Tierschutzgesellschaft informieren, die jemanden schicken soll, der ihn abholt. – Auf jeden Fall wirst du allen den Schaden bezahlen, den die Hunde in den Hühnerställen angerichtet haben, sonst musst du mit einer Klage rechnen …« – »Was werden sie bei der Tierschutzgesellschaft mit ihm machen?«

Er lächelte spöttisch, und dabei sah ich zum ersten Mal, dass in seinem Mund ganz vorn ein Goldzahn prunkte.

»Ha, so einen können sie gerade gebrauchen! Sie werden einen Tag warten, denn es könnte ihn ja jemand haben wollen. Da das aber sehr unwahrscheinlich ist, werden sie ihm eine Kugel in den Kopf jagen, damit er seine Ruhe bekommt, und wir auch.« – »Das ist der ganze Schutz, den sie anbieten? Und warum nennen sie sich Tierschutzgesellschaft und nicht Tierhinrichtungsgesellschaft?«

Er bestieg lächelnd sein Motorrad. Dann bemühte er sich, eine schlaue Antwort zu finden, da er nun in Stimmung gekommen war. »Weißt du, warum? Weil sie in Wirklichkeit uns schützen. Sind wir denn nicht auch Tiere? Also, auf Wiedersehen! Und wie besprochen …« Er gab schnell Gas und fuhr stolzgeschwellt davon. Währenddessen stand ich fassungslos vor der Gartenpforte und wollte nicht begreifen, was in so kurzer Zeit auf mich eingestürmt war. Ich hatte ihm nicht mehr sagen können, er solle die Tierschutzgesellschaft nicht benachrichtigen. Sie würden also kommen und Umstandskrämer morgen früh abholen.

»Geh schnell fort, du Gangster! Verschwinde, Al Capone!«, rief ich ihm in Panik zu und begann, kleine Steinchen um ihn herum zu werfen. Er sah mich erstaunt an, wich zwei, drei Meter zurück und kam dann ungläubig wieder näher. Schließlich legte er sich gelangweilt unter einen Baum, von wo aus er mich ruhig beobachtete, wie ich ein Stück Holz vor seinem Kopf hin und her schwenkte und dabei laut rief. Ab und zu sah er sich genötigt, aufzustehen und wieder einige Meter zu weichen, wobei er mich betrübt anblickte. Dennoch wedelte er freundschaftlich mit dem Schwanz, um mir zu zeigen, dass das gar nichts machte, dass er glaubte, der Anfall würde bald vorübergehen. Ich begriff, dass ich keine Chance hatte, ernst genommen zu werden. Und dennoch musste ich etwas unternehmen, um ihn vom Haus fern zu halten. Wenn ihn der Hundefänger fand, würde ihn nichts mehr retten. Nur wenn ich ihn offiziell adoptieren würde! Aber dann hätte ich auch die Verpflichtung, ihn im Garten angeleint zu halten. Und ich wusste doch ganz genau, dass der alte Landstreicher mit seinen ausgelatschten Pfoten eine Kugel in seinem Bärenschädel dem Freiheitsentzug vorziehen würde.

Ich holte schnell das Auto heraus, öffnete eine Tür und versuchte, ihn hineinzuschieben. Unmöglich! Er war nicht Karlotta. Riesig, schwer, widerspenstig stemmte er seine Beine in die Erde und war mit nichts zum Einsteigen zu bewegen. Ich schwitzte, verzweifelte. Dann versuchte ich, ihn ins Haus zu locken. Weder Haus noch Auto wollte er betreten. Er wollte nirgendwo hinein. Nur draußen wollte er warten. »Verschwinde! Sie werden dich mit Gewalt davonschleppen!«, rief ich ihm zu.

Aber nein. Nicht für eine Stunde ging er an diesem Tag fort. Er blieb draußen liegen, gleichgültig, besser wissend als ich, dass die Tierschutzgesellschaft ihn nicht holen würde, weil der Hundefänger sich nicht mehr für die herrenlosen Hunde interessierte.

Gedanken

Während ich PARIS mit einer Hand über den schwarzen Rücken streiche und er wie elektrisiert aufspringt, denke ich, dass, wenn die Natur ihm noch einmal fünfzehn Jahre schenken würde, er sicherlich dank seiner Intelligenz einen Weg finden würde, ausgiebiger mit uns zu kommunizieren. Und wer weiß, was wir dann noch hören würden! Vielleicht würde er uns mal richtig seine Meinung sagen! Vielleicht würde sich unser Verhältnis zueinander grundlegend ändern. Stell dir einmal vor, alle Tiere um mich herum würden plötzlich alle möglichen Fragen an mich stellen. Oder mir würden ein paar geschwätzige Hunde über den Weg laufen, die mir nicht von den Fersen weichen und ununterbrochen auf mich einreden würden.

Vielleicht würde mich die Unterhaltung mit einer eitlen Katze, die sich mit größter Sorgfalt das Fell putzt, enttäuschen. Ich befürchte, dass sie dieselbe Verlegenheit in mir hervorrufen würde, wie die Eitelkeit einiger Herren es tut.

Wie würden wohl meine geliebten Dachkatzen reden? Wenn ich sie jetzt betrachte, wie sie schweigend ringsherum dasitzen, sehe ich in ihnen die Bohemiens, die mich mit halb geschlossenen Augen und nachdenklichen Blicken ansehen. Würden sie wie Gelehrte mit mir sprechen oder in ordinärem Ton über ihre Heldentaten und Schurkereien prahlen? Auf jeden Fall würde eine wegen Futter um mich herschleichende Katze etwa dasselbe sagen, was die Bettler ständig an der Straßenbahnhaltestelle murmeln.

Von dem Gespräch mit einem Esel würde ich auf jeden Fall tiefgründige, bittere Gedanken erwarten. Aber ich befürchte, dass sich dieses Tier aufgrund seiner Zugehörigkeit zur niedersten Arbeiterklasse in nicht enden wollende gewerkschaftliche Diskussionen stürzen würde, und zwar mit Recht, auch wenn es mir damit erhebliche Kopfschmerzen verursachen würde.

Ich wage nicht, mir vorzustellen, was wir von denjenigen Tieren hören würden, deren Fleisch wir essen, vor allem wegen des schrecklichen Martyriums, das sie auf dem langen Weg zur Schlachtbank erleiden.

Ich denke, dass die Hühner mit ihrer Anklage die Fensterscheiben der schauderhaften Geflügelfarmen zum Klirren bringen werden, da sie in den winzigen Käfigen zur Unbeweglichkeit verdammt sind und zwangsweise bei Tag und Nacht brennendem Licht unablässig Eier legen müssen.

Und ihre Klagen werden in den eiskalten Winternächten zu hören sein, wenn sie in offenen Lastwagen zum Schlachten gefahren werden. Die Hühner im äußeren Bereich trifft es besonders hart. Sie kommen in der Kälte um. Die, die weiter innen sind, schaffen es bis zum Ziel. Wir essen die toten ohne Argwohn, und das bleibt schließlich die einzige Strafe für unsere Gleichgültigkeit.

Also ist es doch besser, wenn die Tiere in ihrem anmutigen Schweigen, das uns bezaubert und entspannt, verborgen bleiben.

Manchmal denke ich, dass Paris sein Leben letztendlich »Emmanuelle« verdankt, diesem Film, der damals so viel Aufsehen erregt hat.

Dorthin ging ich um die Mittagszeit mit einer guten Freundin. Und indem wir die Leinwand vollkommen unbeachtet ließen, begannen wir im Halbdunkel leise zu reden. »ARTSIBAL hat Junge bekommen«, sagte sie zu mir. (Meine Freundin hatte bis dahin geglaubt, einen Kater zu haben, war aber nun eines Besseren belehrt worden.) »Morgen wird Kostas sie zum Tierarzt bringen, um sie einschläfern zu lassen.« »Ist ein Schwarzer dabei?«, fragte ich. »Ja, ich glaube. Es sind fünf. Es muss auch ein Schwarzer dabei sein.« »Wenn du zufällig einen pechschwarzen Kater dabei hast, nehme ich ihn.«

Zu diesem Zeitpunkt konnte ich mir noch nicht im Entferntesten vorstellen, welch eine Flut von herrenlosen Katzen mich erwartete. Ein schwarzer Kater war für mich das allerschönste Katzentier. So träumte ich immer von dem Kater, den ich bekommen würde, so wie ich gleichzeitig von einem blond gelockten Jungen träumte. Den

Lockenkopf habe ich nie bekommen, aber noch an demselben Abend rief mich meine Freundin an und bestätigte ihre Vermutung, dass in Artsibals Wurf ein schwarzes männliches Kätzchen dabei war.

Während seine Geschwister getötet wurden, blieb er als Einziger im Korb und erhielt alle Liebkosungen seiner Mutter ganz allein. Ich lief mit meiner kleinen Tochter an der Hand zu ihm, um ihn zu sehen.

Ein kleiner Furz in meiner hohlen Hand war er, und Artsibal sah mich misstrauisch an, was so viel bedeutete wie: »Hau ab, das ist meiner!«

Wenige Wochen später brachten sie ihn uns ins Haus, als er ihnen mit seinen Dummheiten unerträglich geworden war. Schäden über Schäden! Dazu sein Hobby, täglich auf die Stickereien zu pinkeln, die die niedrigen Tischchen in ihrem Salon schmückten. Meine kleine Tochter nannte ihn Paris, aber er forderte uns ständig dazu heraus, ihm noch andere Namen zu geben wie Akrobat, Einzigartiger, Satan, schlauer Fuchs, Namen, die er sich durch seine Taten eroberte. Er sprang nämlich, um die Türen zu öffnen, auf deren Klinken. Oder er schlug dir die Hand blutig, wenn du es wagtest, sein Fell zu beschmutzen, indem du ihn streicheltest. Oder er versuchte zu telefonieren.

Heute jedenfalls, wo sein früherer Glanz verblichen ist, nach so vielen Lebensjahren in unserer Nähe, lässt er es zu, dass wir ihn berühren. So kann ich seinen Rücken streicheln mit der Gewissheit, dass diese Liebkosung nicht nur eine zärtliche, spontane Geste ist. Ich weiß jetzt, dass damit auch ein tiefes Bedürfnis nach Energiezufuhr gestillt wird.

Wenn die Menschen wirklich wüssten, wie viel Energie, wie viel Elektrizität sie in dem Augenblick aufnehmen, in dem sie das Fell eines Tieres streicheln, dann – und dessen bin ich mir sicher – würden sich Schlangen hinter dem erstbesten Hund bilden, der ihnen begegnete, und es würde sogar ein Gerangel geben, weil jeder der Erste sein wollte.

Und es ist nicht nur die Energie, die wir durch die Berührung mit den Tieren übernehmen. Es ist auch Entspannung, die unser Nerven-kostüm erfährt, während unsere Hand langsam über ihren Rücken gleitet. Auf diesem Rücken lassen wir, ohne es richtig zu begreifen, all unseren Ärger und Stress. Und auf diese Weise befreit, fühlen wir wieder die Kraft, uns mit neuen Schwierigkeiten zu konfrontieren.

Wenn die Menschen nur wüssten, wie nötig wir es haben, nahe der Natur zu leben. – Und die Tiere sind die Natur. – Sie verbinden uns mit deren Kräften, ihren Geheimnissen, ihrer Schönheit und ihrer Wahrheit, wie eine Nabelschnur die Mutter mit dem Kind verbindet. Und daraus schöpfen wir unsere Energie, die wir verlieren, wenn wir uns in den Wohnsilos der Städte einschließen. Deshalb brauchen die Menschen, die in den Städten leben, viel dringender Pflanzen und Tiere in ihren Wohnungen als die Menschen auf dem Lande.

Vielleicht lohnt es sich, hier von den Versuchen zu berichten, die einmal in einem Säuglingsheim gemacht wurden. Um herauszufin-den, welchen Einfluss Liebkosungen auf die Babys haben können, beschlossen sie, für einen bestimmten Zeitraum die Hälfte der Kinder überhaupt nicht auf den Arm zu nehmen. Sie wollten sie so schnell wie möglich versorgen, ohne sie viel zu berühren. Das Ergebnis war, dass diejenigen Babys, die weder gestreichelt noch länger berührt wurden, blass, kränklich, appetitlos und nörgelig waren im Vergleich zu denje-nigen, die geliebkost und stundenlang auf dem Arm getragen wurden. Dann beschlossen sie, den Versuch anders aufzuzäumen. Diejenigen Babys, die kaum berührt wurden, legten sie nicht in Laken zum Schla-fen, sondern in Lammfelle. Und dann sahen sie voller Staunen, dass die in Lammfelle gewickelten Babys viel wacher und lebhafter waren als diejenigen, die sie berührt und gestreichelt hatten.

Das Rätsel Toutou

Dass Toutou ein Straßenkater sein könnte, wäre mir nie in den Sinn gekommen. Einen streunenden Hund, ja; ein herrenloses kleines Kätzchen, ja; eine magere Mutterkatze, die nach Futter sucht, ja aber einen solch dicken und dreisten Kater, dessen Fell sich über seinen runden Bauch spannte und der bei jeder plötzlichen Bewegung aus den Nähten zu platzen drohte, nein, den würde ich nie in den Katalog der Herrenlosen aufnehmen. Dazu kommt, dass der Winter hier unerbittlich ist. Für zwei bis drei Tage liegt dicker Schnee, und diejenige Katze, die kein Dach über dem Kopf hat, erlebt auch nicht den nächsten Frühling. – Toutou jedoch erlebte sowohl den nächsten Frühling als auch den nächsten Sommer, und in dem darauf folgenden Jahr spazierte er schon im zweiten Winter beliebig durch unser Küchenfenster ein und aus.

Ich glaubte ja, dass Toutou in dem alten Backsteinhaus, das den hinteren Teil des Hofes begrenzt zu Hause war; und ich wusste auch, wer dort wohnte. Es ist eigenartig, dass ich in Athen kaum wusste, wer in den Apartments nebenan wohnte, während ich hier draußen auch die weiter entfernten Nachbarn kannte und mit einigen sogar freundschaftliche Beziehungen pflegte. Aber zu den Bewohnern dieses Backsteinhäuschens hatte ich überhaupt keinen Kontakt. Nicht einmal Guten Tag sagten wir uns. Wann immer wir uns auf der Straße begegneten, ließen die Blicke, die sie auf meine Jeans warfen, den Wunsch in mir entstehen, so schnell wie möglich zu verschwinden. Sie waren fanatische Anhänger einer Glaubensgemeinschaft. Die Mutter dick und groß, in ständig grauer oder blauer Kleidung, mit drei Töchtern, die selbst in der größten Sommerhitze langärmlige Blusen trugen. Ihre Haare waren zu einem nonnenhaft anmutenden Nackenknoten zusammengefasst, junge Mädchen, und dennoch erinnerten sie an alte Karikaturen, von denen ich geglaubt hatte, es gäbe sie gar nicht mehr. Aufrecht und arrogant mit unrasierten Beinen und der Miene eines strengen Richters, der genau weiß, wen er in die Hölle schicken wird.

Ich nahm an, dass er zu diesen Damen gehörte; und ich gebe zu, dass ich mich manchmal köstlich amüsierte, wenn ich mir vorstellte, wie sie vermutlich auf sein entsetzliches Geschrei nach einer Katzenfrau reagierten.

In den letzten Wochen sah ich ihn immer öfter, obwohl die Zeit der Liebe weit entfernt war. Mal vertrieb ich ihn, mal tat es KARLOTTA. Mal verschwand er für ein, zwei Tage, aber spätestens am dritten Tag hörten wir wieder seine unausgereifte Bassstimme vor dem Fenster. »Was willst du, Bursche? Warum hockst du dich immer wieder vor meine Tür?«, rief ich ihm zu, wobei ich ihm mit einem gefüllten Wassertiegel drohte. Das war die einzige Waffe, die er irgendwann respektierte. Mit Karlotta brauchte er nicht mehr zu rechnen, weil schließlich sie es war, die bei den Streitereien die Prügel davontrug, obwohl sie ihn nie gebissen hatte, sondern nur geärgert und verjagt. Er hatte das auf seine Art verstanden und ihr das Maul verkratzt.

Warum ich ihn vertrieben und nicht mit den anderen im Hof geduldet habe? – Weil ich von Anfang an darum gezittert habe, er könnte heimlich ins Haus kommen und uns noch einmal mit seiner Brause besprizten. Auch verpasste er dem guten NINIKO jede Menge Ohrfeigen, sobald er ihn erwischte. Na ja, Niniko lernte daraus. Da er noch klein war, gab er gewöhnlich Fersengeld und versteckte sich. Schließlich hat Toutou auch noch PARIS aufs Korn genommen. Als der eines Tages aus der Küche trat, um seinen kleinen Spaziergang zu machen, hat er ihn schräg angesehen und sich auf seinen Nacken gestürzt, in meinem Beisein. »Schluss jetzt! Nicht auch noch meinen alten Paris! Verschwinde! Hau ab!« Mein Wasser tat ebenfalls seine Wirkung, erreichte ihn aber nicht mehr.

Und es kam der Winter. Paris begann wieder, sein Fell zu verlieren, und Toutou ließ keinen Tag aus, an dem er uns nicht seine Aufwartung machte. Er saß stundenlang vor dem Küchenfenster, durchgefroren, unbeweglich. Oft kam er auch des Nachts. Wir sahen hinter der Scheibe einen kugelrunden dunklen Schatten. »Warum geht er nicht nach Haus?«, fragten wir uns. »Vielleicht haben sie ihn fortgejagt?«

Bis ich ihn eines Tages dabei beobachtete, wie er ein Stück Brot fraß, das die Hunde übrig gelassen hatten. Er verschlang es gierig, wobei er sich immer wieder umsah mit der Befürchtung, es könnte ihn jemand verjagen. »Er hat Hunger!«, dachte ich und legte ihm eine Portion Fischbrot auf das Fenstersims. Würde ich die Tür öffnen, um es ihm direkt zu geben, würde er annehmen, ich käme heraus, um ihn wie gewohnt zu vertreiben, und er hätte auch das trockene Brot zurückgelassen und wäre davongelaufen.

Von dem Duft angelockt, sprang er schnell auf das Fensterbrett, und bevor ich das Fenster wieder richtig schließen konnte, begann er damit, wie ein Wahnsinniger meine Gabe herunterzuschlucken.

Er hatte großen Hunger. Aber warum …? Hatten sie ihn fortgejagt? Oder hatte er niemals ein Heim gehabt …? Vielleicht war er ein herrenloser Kater, der wie Umstandskrämer alles fraß, was er bekommen konnte? Doch wieso war er dann so dick? Möglicherweise lag es an seinem Wagemut, überall hineinzuschlüpfen und so immer etwas Essbares zu finden.

Ich legte ihm noch eine Hand voll Futter hin, und während ich ihn beobachtete, wie er es mit derselben Geschwindigkeit verschlang, bekam ich Gewissensbisse … Wie oft hatte ich ihn gejagt und nass gespritzt, und anstatt ihm einen Brocken hinzuwerfen, hatte ich das Fenster geöffnet und ihn beschimpft: »Geh zu deinen Schnurrbartträgerinnen!« Dass er sich nicht hatte einschüchtern lassen, tröstete mich ein wenig, aber auf jeden Fall wollte ich jetzt mein Fehlverhalten wieder gutmachen.

Ich bot ihm noch mehr Futter an, und sobald er sich auch darüber hermachte, streckte ich sacht meine Hand aus, um ihm den Rücken zu streicheln. Er warf mir einen unruhigen Blick von der Seite zu, wobei er seine Mahlzeit unterbrach. Ein, zwei Minuten war er wie versteinert, bereit mit einem Sprung zu flüchten. »Du Armer!«, sagte ich leise zu ihm. »Setz dich, setz dich, hab keine Angst …« Seine Muskeln entspannten sich unmerklich. Er sah wieder sein Futter an. In diesem Augenblick legte ich ganz leicht meine Hand auf sein Fell. Etwas wie ein erregtes Zucken durchlief seinen Körper, aber ich bemerkte keinerlei Anzeichen von Flucht. Er setzte sich und begann von Neuem zu fressen. Meine Finger berührten einen eiskalten Pelz, stumpf und ungekämmt … Ich dachte, dass seine Mutter vermutlich die Einzige war, die ihn früher einmal liebkost hatte, und dass er später nur Verfolgung und Wassergüsse erlebt hatte …

Voller Gewissensbisse begann ich damit, seinen Rücken zu streicheln. Er war nicht nur dick, sondern auch muskulös. Er kaute, und ich streichelte ihn. Als ich versuchte, ihn hinter den Ohren zu kraulen, wurde sein Kauen durch ein begeistertes Schnurren angereichert. Sobald er alles aufgefressen hatte, rieb er voller Zufriedenheit seine dicken Backen in meiner Hand, wobei er noch leidenschaftlicher schnurrte. »Er ist tatsächlich zärtlich, der arme Schlucker! Und wir haben es so lange nicht gewusst. Er wollte gestreichelt werden, und wir haben ihn beschimpft …«

In mir war eine plötzliche Liebe zu ihm erwacht. Ich wollte ihm mit einem Mal alles geben, was er so lange vermisst hatte. Ich nahm ihn sogar auf den Arm. »Hab keine Angst! Du brauchst keine Angst zu haben!«, sagte ich leise zu ihm, denn ich erwartete, dass er sich mit einem Satz davonmachen würde. Aber nein, er schnurrte unablässig, anscheinend überglücklich. Sein Pelz strömte den Geruch von Petroleum aus. Demnach war der Herr ein Besucher der Heizungsanlage. Jedes Mal, wenn er mit einer Hauskatze anbandelte, schlüpfte er dort als Schwiegersohn unter und kam so durch den Winter.

Wie ein Baby hielt ich ihn in meinen Armen und trug ihn ins Haus. Es beeindruckte mich, dass er keinen Widerstand leistete. Allerdings hatte er alle Muskeln angespannt und mit Schnurren aufgehört. Aber er spürte auch die Wärme drinnen, die ihn einhüllte und ihm behagte. Ich würde ihn in unsere eigene Heizungsanlage bringen. Er sollte nun auch die Möglichkeit haben, dort zu leben, zusammen mit den Katzen, mit denen er sich im Übrigen sowieso schon so nach und nach angefreundet hatte. Niniko und Paris, auf die er nicht gut zu sprechen war, schliefen im Haus. Einen anderen Kater gab es zu der Zeit nicht.

Ich brachte ihn zu einer Wanne, die ich mit einem alten wollenen Pullover ausgepolstert hatte, für einen grauen Kater, der aber zum Sommer hin verschwunden war. Toutou würde damit alles haben, was er brauchte, um sich wohl zu fühlen. Aber sobald ich ihn in die Wanne hineingesetzt hatte, stellte er seine beiden Vorderpfoten auf dem Wannenrand ab, richtete seinen Schwanz zu der klassischen Position auf und begann zu urinieren. Ich war sprachlos. Das war das Einzige, was ich nicht erwartet hatte. Was konnte ich in diesem Augenblick tun? So überließ ich ihn seinem Schicksal und ging. Anscheinend hatte er sich während so vieler Stunden am Fenster zusammengenommen, so dass er sich jetzt nicht anders zu helfen wusste. Vielleicht hat er auch die Wanne als Toilette angesehen und wollte mir mit seinem Werk eine Freude machen. Oder er war doch nicht herrenlos, und die Bartträgerinnen hatten eine ähnliche Wanne für seine Bedürfnisse gehabt? Dieses war ein Rätsel, das ich noch nicht im Stande war zu lösen. Herrenlos oder nicht? »Macht er mir etwas vor oder braucht er mich tatsächlich? Woher soll ich das auch wissen?«

Er kommt und miaut, und dabei wird seine Stimme immer zärtlicher, und er wartet nicht nur auf die üblichen Appetithappen, sondern er möchte auch gern am Hals gekrault werden, er möchte ein paar süße Worte gesagt bekommen. Kurz und gut, er möchte lieb gehabt werden und schnurren.

Und es begann zwischen uns eine warme Freundschaft. Ich fand ihn rund und gut, fast schön. Bis auf sein Auge. Das erschien mir nicht gerade schielend, aber hin und wieder wich es ein wenig nach einer Seite aus.

Vom ersten Tag unserer plötzlichen Freundschaft an war er ein unersättlicher Gast. Allerdings konnte ich mir zu der Zeit noch nicht vorstellen, wie belastend er werden würde. Vielleicht hatte ich aber auch selber Schuld, da ich voller Gewissensbisse wegen der Vorgeschichte ihn ständig dafür entschädigen wollte und ihn viel häufiger bedient habe als die anderen. Jenes Küchenfenster öffnete und schloss sich immer wieder, damit die Portionen hinausgelangen konnten. Ich kam mir vor wie die Köchin eines Restaurants mit Toutou als einzigem Gast. Dick und rund saß er da und wartete, wann der nächste Teller herauskommen würde. Ich hatte ihm sogar einen Schal ausgebreitet, damit seine Pfötchen nicht erfroren. Es konnte vorkommen, dass er den ganzen Tag darauf saß.

Zum Brenner ging er letztendlich niemals. Entweder saß er vor dem Küchenfenster oder er war weg. Wo aber hielt er sich in der übrigen Zeit auf? Wo kam er für ein, zwei Tage unter und war hinterher so frisch wie vorher?

Bis heute habe ich nicht herausbekommen, ob er herrenlos ist oder nicht. So bleibt mir nichts anderes übrig, als ihn zu füttern, mit zwei oder drei Mahlzeiten täglich. Denn ob schielend oder nicht, er hat sich unmittelbar hinter der Fensterscheibe einen Platz ausgesucht, von dem aus er mit Leichtigkeit und Behagen alles überwachen kann, was in der Küche geschieht.

Jedes Mal, wenn sich die Kühlschranktür öffnet, steht er auf und schreit nach Futter. Sobald jemand etwas in den Mund steckt, und sei es auch nur einen Zahnstocher, gibt er einen traurigen, vollkommen heiseren Ton von sich, und einer von uns eilt zu ihm und gibt ihm auch etwas, ob er will oder nicht. Glücklicherweise frisst er alles, aber dennoch macht er uns Stress. Ich hätte ihn nicht auflesen sollen! Aber wie könnte ich ihn jetzt noch fortjagen? Und Karlotta wagt es nicht einmal, sich in seine Richtung zu bewegen. Er würde ihr mit Sicherheit auf den Nacken springen.

Die morgendliche Fütterung wurde problematisch. Während die

anderen draußen vor der Tür warten, ohne mich zu stören – das Ärgste, was sie sich erlauben, sind ein paar Pfotenhiebe, frei von Verletzungen, als spielten sie Tennis –, springt Toutou, sobald er mich mit dem Fischgericht beladen herauskommen sieht, direkt vor meine Füße und versperrt mir den Weg. Ob ich ihn füttere oder trete, er macht immer dasselbe, auch wenn ich ein zweites Mal herauskomme, um die Hunde zu versorgen. Er geht frech zwischen ihren Tellern einher und hebt seine dicke Pfote, um jedem ins Gesicht zu schlagen, der es wagen sollte, näher zu kommen. Ich sehe mich genötigt, ihn hochzunehmen, damit die Hunde fressen können. Glücklicherweise verschwindet er immer wieder für einige Tage. Und wenn wir dann erleichtert aufatmen, in der Hoffnung, er könnte auf Dauer etwas Besseres gefunden haben, so sitzt derselbe Ball plötzlich wieder vor dem Fenster und beobachtet uns.

Er weiß alles über uns. Was wir einkaufen, kochen und was wir im Kühlschrank verstecken. – Und was wissen wir über ihn? Wo schläft er in den Nächten? Wohin geht er tagsüber, wenn er weg ist? Hat er vielleicht doch ein Heim? Hat er vielleicht noch andere Leute, die er unter Druck setzt wie uns? Wenn ja, dann wüsste ich gern, welchen Namen sie ihm gegeben haben …

Heute

UMSTANDSKRÄMER, der auf einem schattigen Plätzchen hinter der Gartenpforte liegt, wartet immer noch auf den kommunalen Hundefänger. Seit Monaten schon. Und ich warte täglich mit immer größer werdender Sorge auf die neueste Rechnung für den Hundeschmaus.

Unsere letzte Errungenschaft, einen elenden Boxer mit gekapptem Schwanz, behielten wir, weil wir hofften, ihn würde aufgrund seiner Rasse jemand nehmen. Da ihn bis heute noch keiner abgeholt hat, bewegt sich über den gefüllten Tellern neben den langen Schwänzen auch ein kurzes Schwänzchen …

FANY hat es geschafft, trotz aller empfängnisverhütenden Tabletten wieder zu gebären. Das Tragische ist, dass sie dadurch, dass sie ständig die Verstecke für ihre Babys wechselt, schließlich vergisst, wo sie sie versteckt hat, und sich auf die Hunde stürzt und sie mit Ohrfeigen ganz verrückt macht in der Annahme, dass diese ihr die Babys weggenommen haben. Die Hunde suchen in den meisten Fällen das Weite, aber hin und wieder nimmt der eine oder andere doch Anstoß an dem ungerechten Vorwurf und beschließt, die Schläge zurückzugeben. Das heißt für mich: Alles stehen und liegen lassen, um sie laut schreiend zu trennen.

PARIS hat das fünfzehnte Lebensjahr vollendet. Die Hofkatzen sehen ihn schief an. Die Herrschaften hoffen, dass eine von ihnen ihn in absehbarer Zeit beerben kann. Diese würde dann selbst rund und dick auf dem Kissen sitzen, auf dem warmen Heizkörper im Esszimmer. »Was wird mit ihm werden? Er ist sehr alt geworden. Wann wird er uns die Ecke frei machen?« Es sieht so aus, als ob sie sich das laut fragen, wenn sie ihn beobachten, wie er gemächlich den Garten durchstreift wie ein alter Lord, gestützt auf seinen imaginären Knotenstock. Jener tut glücklicherweise so, als ob er sie nicht hört, und entgeht so der Aufregung und dem Herzklopfen. Wenn er dann mich auf der Veranda entdeckt, wie ich ihn traurig ansehe, ihn als Hochbetagten unter den jungen Katzen, dann zwinkert er mir listig zu, um mich zu beruhigen. »Mach dir keine Sorgen, Mama, ich werde sie alle noch überleben.« Und dann leckt er sich hastig ein-, zweimal über sein schwarzes Trauerkostüm.

Ich kann mir unser Haus ohne Paris gar nicht vorstellen. Seit so vielen Jahren ist er nun schon die fünfte Person in unserer Familie. Mit seinen Dummheiten und seinem Charme, seinen Miniproblemen und seinen Schäden war er dennoch die einzige Person, die uns nie enttäuscht oder gar verbittert hat. Vielleicht liegt darin das Geheimnis unserer Liebe zu den Tieren: Sie enttäuschen uns nie.

Ich würde gerne noch über dieses Bedürfnis sprechen, das wir Tierfreunde alle spüren, einem Tier Liebe zu geben. Ein Bedürfnis, das ich bis in meine Kindertage zurückverfolgen kann. Ich bin ohne Eltern aufgewachsen, womit die Psychologen meine Tierliebe erklären würden. Tatsache ist, dass ich diese Liebe auch heute noch nahe meiner eigenen Familie ebenso intensiv erlebe wie früher.

Für mich ist diese Liebe zu den Tieren nicht nur eine Erweiterung der tiefer gehenden Mutterliebe. Du beschützt sie, sorgst für sie, liebst sie, ohne eine Gegenleistung zu erwarten. Auch keine moralische Belohnung, die du unbewusst von deinen Kindern erwartest. Es ist das Bedürfnis, wahrhaftig zu geben. Und wenn du dich so offen anbietest, wird deine Seele frei und verbindet sich mit der Natur, die selbst ein dauerndes und unendliches Angebot darstellt. Und hier irgendwo liegt vielleicht die Erfüllung dieser Art von Liebe verborgen. In der Kommunikation. Und ich glaube, dass die Liebe, die ein Tierfreund für die Tiere empfindet, eine Erweiterung der mütterlichen Liebe ist und nicht die mütterliche Liebe selbst. Denn so ist es doch: Eine Mutter kann ihr Kind krankhaft lieben, indem sie ihr Leben für es hingibt und sich täglich aufopfert und anbietet, um es glücklich zu machen. Sie kann jedoch gleichzeitig Eifersucht und Neid gegenüber einem fremden Kind empfinden und Hass gegenüber demjenigen, das ihr eigenes Kind verletzt.

Der Tierfreund wird niemals Neid und Eifersucht einem Tier gegenüber empfinden, mag es noch so viel besser sein als sein eigenes. Noch wird er jemals ein Tier hassen, das seinem eigenen Tier Schaden zugefügt hat. Er wird für kurze Zeit zornig und wütend werden, und er wird den Wunsch haben, den Übeltäter zu bestrafen. Aber bald darauf, nachdem der erste Zorn verflogen ist, wird er merken, dass ihm alle Tiere gleich lieb und wert sind und dass er keines leiden sehen möchte.

Und darüber hinaus möchte er, wenn möglich, allen elenden Straßenkötern, denen er zufällig begegnet, helfen und sie beschützen. Vielleicht ist das auch die wahre Liebe. Und manchmal denke ich, dass so etwa auch Gott uns Menschen lieben mag. Wie »ein großer Tierfreund« trägt er uns nichts nach. Unter seinem weißen Bart verzieht er höchstens das Gesicht, wütend über unsere Ungezogenheiten, doch danach verzeiht er uns, mit einem Lächeln …

Epilog

Ich hörte damit auf, die herrenlosen Hunde im Hof zu füttern, nachdem mir der Inspektor gesagt hatte, dass ich für jedes Tier und dessen Schandtaten verantwortlich bin, das innerhalb unserer Umzäunung frisst. Inzwischen serviere ich ihnen das Futter auf der Straße, und ich stelle ihnen auch einen Eimer Wasser in die Ecke.

In der Tat machen sie oft Theater, denn sobald sich jemand erkühnt, mit seinem Auto vorbeizufahren, ist die Hölle los. Laut bellend stürzen sich alle auf einmal auf das Fahrzeug. Einige legen sich in Windeseile vor seine Räder, und meistens zwingen sie den vor Angst schlotternden Fahrer, umzukehren und laut hupend das Weite zu suchen. Und wenn zufällig zur gleichen Zeit ein anderes Auto kommt, dann geht es nicht mehr vorwärts noch rückwärts.

Ich verstehe schon, dass das ein Problem ist, aber ich sage wiederum: Wer weiß? Es kann ja auch sein, dass sich dann einmal die Verkehrspolizei für die herrenlosen Hunde interessiert.

Und ich setze unerschrocken meine Fütterungen fort, wobei es mir gar nichts mehr ausmacht, wenn sie sich manchmal angeekelt von ihren Tellern abwenden. – Ich weiß ja, dass, abgesehen von Umstandskrämer, noch andere elende Fußgänger vorbeikommen werden, die nach eingehender Überprüfung zu dem Schluss kommen werden, das Produkt meiner Bemühungen gebührend zu würdigen. Und sie werden auch aus dem Eimer das Wasser trinken, bevor sie sich schwanzwedelnd dankend verabschieden und ihren Weg fortsetzen.